时文
精粹
SHIWEN
JINGCUI

U0896757

时文精粹 SHIWEN JINGCUI

一个人的微战争

黄水成◎著

煤炭工业出版社
·北 京·

图书在版编目（CIP）数据

一个人的微战争／黄水成著．--北京：煤炭工业出版社，2016（2023.1 重印）

（时文精粹／陈勇，吴军主编）

ISBN 978-7-5020-5239-3

Ⅰ.①一…　Ⅱ.①黄…　Ⅲ.①散文集—中国—当代　Ⅳ.①I267

中国版本图书馆 CIP 数据核字（2016）第 053744 号

一个人的微战争

著　　者　黄水成
丛书主编　陈　勇　吴　军
责任编辑　马明仁
封面设计　宋双成

出版发行　煤炭工业出版社（北京市朝阳区芍药居 35 号　100029）
电　　话　010-84657898（总编室）
　　　　　010-64018321（发行部）　010-84657880（读者服务部）
电子信箱　cciph612@126.com
网　　址　www.cciph.com.cn
印　　刷　北京飞达印刷有限责任公司
经　　销　全国新华书店

开　　本　710mm×1000mm 1/16　**印张**　14　**字数**　120 千字
版　　次　2016 年 5 月第 1 版　2023 年 1 月第 3 次印刷
社内编号　8090　**定价**　46.00 元

序言 | *Preface*

人人都是一条洄游之鱼

黄水成

记忆是一条河流，我们是逆流而上的一条鱼，沿着这条记忆的河流，一路溯源而上，不断寻找生命的轨迹那深深浅浅的记忆！

十多年的部队生活是我一生难以掩藏的记忆，从一个山里娃到记者，这一切都离不开部队那段黄金岁月的熏陶。部队埋下的那段生命河流一直在血液中流淌，而我从部队回来十多年，却一直不敢洄游回去，我怕抵达那最柔软的记忆岸边，因那是心灵的一块圣地，不容轻启。前些年，有编辑老师建议我写些军旅生活的题材，我说："我怕！"我怕什么，当时也说不清。2014年元旦，杭州的战友来电话，我们再次聊起部队，过去的生活再次一一重现眼前，而且比任何一次回忆都更加具体，才明白我还没和部队有过真正的分开。人的记忆总是努力保存那些最深刻的东西，在梦中，在回忆中，一遍又一遍不断地梳理，精心而自觉地存储。于是我决定动笔，把一直记在心灵深处的东西挖出来，梳理成册，才能放心地和过去有次真正的告别。

真到动笔时，才明白前些年为何而"怕"。它们就像沉在沙底的一根"乌木"，在我还没探清、没有能力挖掘它的时候，轻易下手必然带来恶果，我宁愿让它继续沉睡水底，让时间进一步剥蚀它，让自己拉来更远的距离去审视它，让它粗糙的表里进一步在泥底溶解，让杂乱无章的部分成为泥土，只留下它精华的部分，然后等到自己也能拿出更好的片段时，再下手也不迟，现在写它正是时候。在写这部书稿时，我才明白了故事也需要沉淀，只有经过岁月淘洗而沉淀下来的故事才具有坚实的生命力，才经得起读者挑剔目光的考问。

全书共精选41个篇目，我像一条洄游之鱼，重新回到部队，甚至回到童年那场梦境，触摸时间之壁上的青苔，寻找当年留下的足迹。我从童年的梦境说起，顺着时间的河流向前一路奔走，直到转业结束。我没有刻意地给它们分章节，因为时间就是最好的节点。这些长短不一的故事，深藏在我的记忆深处，我通过文学的笔法重新把它们呈现出来，从不同侧面入手，将部队的生活、学习、训练、前线演习等场景一一重现在读者面前，真实展现当代军人喜怒哀乐的内心情感，感受生命的尊严，书写人性的光辉，成为一个个可读可感的小故事与大家共享。从中，也让我深入思考军人、武器、战争这些人类永恒的话题。

2015年7月6日于平和

目录

Contents

梦

叶非叶

人是悲剧的动物，我们总会回忆过去熟悉的生活，甚至沿着走过的路而不断回头寻找，像是一段落下的梦境。

我从小就是一个会做梦的小孩，我的眼前总有五光十色的梦，而且，总是在白日里有一幅幅景象从眼前闪过，我喜欢这样的白日梦。小时候的上学路上，家里到学校有三四里地走，总是落单的我，踢踢踏踏地走着。那时，我的头顶上总有一片云，云层上总有一支队伍，扛着枪，迈着齐刷刷的步伐，他们一直在云端上走。小学一年级到三年级，我每天都望见这个方阵，每天都望见他们。后来，梦境有些新变化，我看见云端上那支队伍走远了，云上变成一片辽阔的草原，两条铁轨笔直地伸向无穷的远方，这个梦一直延续到小学毕业。但奇怪的是，梦境里从未有一列火车驰过，尽管我努力想象那长长的列车的样子，像童年的电影那样，停靠在他乡的某个小站上，月台上挤满了要去远方的人，但希望的梦境总是一片空荡荡，只有两条笔直伸向无尽远方的铁轨，穿越在无限的原野之中，秋风扫过芦苇深处，一片芳草凄迷。在上学的路上，我还做过其他千奇百怪的梦，那些梦总是一闪而过，唯有这空旷的梦境旷日持久，就像一篇不可能结束的长篇小说。

后来，我为充实自己的梦境，有意识地转移了注意力，竟发现脚下也有无穷的梦境。你看，那只裹在地瓜叶里的菜青虫在冬眠中做着飞翔的梦，那坑浅水中千百只蝌蚪正在梦见春天的田野，那只头上盘旋的山鹰正在梦见前方的野兔，还有躺在路边浅睡的那只狗正流下涎水，它一定梦见主人屋檐下有一根猪骨头。那时的我，觉得世上一切都有自己的梦，甚至路边的每一片绿叶，它们也应该有自己的梦，我开始留意它们的每一个细节。

这是一片枫叶，从春天看到冬天，我细细地观察了这片叶子的一生。从看它第一眼开始，我便认定它在做梦，它一直在做梦，在梦中偷偷纺织它的一生，从绿到红，是它一场跌宕起伏梦境的全过程。我发现从春天到秋天，一片叶子，它做梦也不会拒绝泥土传来的信息，叶子知道泥土的心意，天空才是它的自由。于是，叶子在远离地面的枝干上的梦境里飞翔，它的梦境比一只小鸟掠过一座森林还要辽阔。

这片叶子，就在我上学路边的一棵枫树上，我每天都看它沉浸在自己的梦境里。它从光凸凸的枝干上吐出芽苞开始，我就认定芽苞里包裹着一个尘世之梦，不用猜测，它最终会一天天向我展开芽苞里的所有秘密。先是青黄之绿，随后不断加深，终成墨绿。但它不愿让人知道它的秘密，在它深度的梦境中有一场大雾，这场大雾是它最深的墨绿。颜色，它会欺骗你的视觉，让人看不清生命的变幻、蓬勃、绚烂与终结。

终于有了一场风的光临，一下打破了它长久被人窥视的尴尬，它借助风的翅膀让自己舞动起来，舞动在梦境的摇篮里。我眼前

一片迷乱，在一棵大树上，在风的抖动下，我看不清一片叶子的全部梦境。我只能从它的颜色变化来窥探它生命的季节，以及一片叶子对脚下这片泥土的感情。

一叶知秋，那是诗人对季节表层感慨，因为诗人更关心的是自己的季节，或说是自己的生命季节，他并不关心这片叶子的本身。没有哪个诗人关心叶子飞向泥土以后的延续，那是以一场深度的冬眠去延续另一个季节的梦，诗人不会知道叶子可以在另一个彼岸到达自由的天空。

一叶知根，一叶知树，一叶知命，这些才是每片叶子所呈现梦境的全部秘密。一片叶子足够告诉你它脚下的泥土肥厚贫瘠，或它的酸碱度。同时，它也道出一棵树本身的生命体征，饥饿、富足、干旱、沛泽，甚至于它的年轮和季节。就像一滴血足以道出生命基因的全部秘密，一片叶子也足以证明一棵树的盛衰，甚至千万年后也足以证明这片森林的存在。

只是，没有谁能看清一片叶子的全部梦境，它每天都有变化，一直在不断更新它的梦境，它的梦比天空更辽阔。你看，树上每一片叶子都在做梦，还有眼前这片森林。这个梦迷蒙着我整个童年，从春天到冬天，我不知道它的梦境里有没有尘土飞扬的汽车，有没有天上吐烟的飞机，有没有我从未见过的长长的列车。

长大后，我从闽南前往济南两千多公里的列车上，我看见窗外那些也爱做梦的绿叶，我想象它们的梦境肯定比飞机划过天空的长烟还长。

花非花

这丛长在池塘边的木槿花，小时候我并不知道它叫什么，它其貌不扬，不高大，也不奇特，像一丛灌木，普通得容易被人忽略，只有花开的时候才能引人关注。它的花非常硕大，红白相间，像粉彩。这花开得安静，头天晚上还花苞待放，次日就一树芬芳了。这是木槿花最幸福的时刻，芬芳、艳丽，生命在此刻变得绚烂无比。这是它生命的一次大胆表白，花儿就是它的语言。

木槿花的语言，少有人懂，但村里的二妞听得懂，好像每个花瓣绽放时，她都能听到像月光落地"当"的一声，这时，花苞就真的弹开了，每一朵花儿都向月光倾诉了它的全部秘密。二妞总是静静地坐在池塘边，看着这一丛木槿花开：一朵，二朵，三朵，直到一树芬芳。

这是一朵花儿幸福的时刻，它像是盛装的新娘子，静静地坐在花床上，次日的朝霞中便会迎来很多的"客人"，蜜蜂、蝴蝶，这些都是前来贺喜的客人，一朵花儿就在这众多宾客的追捧中抵达幸福的彼岸。

一朵木槿花向二妞展现了它的幸福等待，但二妞知道这丛木槿花永远到达不了幸福的彼岸，它总是夭折在幸福的路上。队长说这是他家的花，花儿的幸福掌握在他手里。每次花儿一开，队长的孩子来得比朝霞还早，比蜜蜂、蝴蝶还准时。露水未稀，蜜蜂、蝴蝶的翅膀举不起来，等朝阳把它们的翅膀晾干晒轻时，这些花儿早就被队长的孩子兴高采烈地采回家，成了盘中餐腹中食了。

队长是二妞的爹，摘花人是她八岁的弟弟，二妞和弟弟之间还隔着三个妹妹，大妞在她五岁那年被龙王叫走了，她家三代老大都以不同的方式夭折，她爹说这是命，所以二妞并没因大妞离去而升格叫大妞，"大"在她家是个凶数，相反"小"才是她家的吉数，她家三代生到老幺才见男丁。弟弟也顺理成章被父母宠成了小霸王，小霸王喜欢吃木槿花煮粥，一切不可阻挡。

二妞阻挡不了弟弟摘花，但她坚持不吃木槿花，她总是夜里坐在池塘边看木槿花开，看得一个人发呆。以前村里的二顺也喜欢看木槿花开，后来，二顺走了，他乘着火车去了很远很远的地方，一封信都要走上一个月的地方。二顺寄回了一张相片，他站在一棵胡杨树下站岗。从此，就剩下二妞一个看花人。

二妞只收过这一封信，她不知道那长满胡杨的地方是否有木槿花，她希望给他寄去一张木槿花的相片。二妞知道这愿望实现不了。一个大姑娘家，还要乘车到镇上请摄影师来，她拉不下这个脸。

两年后，二顺从那长满胡杨的地方回来了。他先是抱一台收音机围着村庄"广播"一圈，最后他的"广播"就消失在村庄的深夜里。二妞知道他在那个地方，但睡在下廊间的灯没熄灭，父亲的眼睛还牢牢盯着自家的大门。池塘边的木槿花或许听见了小窗内一声幽幽的叹息，如一阵微风摇醒池塘中那朵睡莲。五年间，二顺回乡探亲四次，每次二顺回来，下廊间的灯一宿都没熄灭。第四次回来，二顺手中的中央人民广播电台响起"告别时刻"，他摘下一朵木槿花走了。

第五次回来，二顺已是一名边防干部，他手里没有那台收音机，却领着一个城里姑娘回来，带着那姑娘"阿叔阿姨"地绕村庄走一圈。那一晚轮到二妞一人坐在池塘边赏花，一朵又一朵粉红的木槿花在月色下静静地绽放，她慢慢打开日记本，拿出那朵木槿花，一瓣一瓣地丢在池塘里，那是她对自己的一次祭奠。18岁那年，大队民兵打靶归来，二顺和二妞都受了组织表彰，他俩在镇上看《庐山恋》时，二妞悄悄地把英雄钢笔插到二顺上衣翻盖上；他们回村的那晚，二顺亲手摘了一朵娇艳的木槿花戴在二妞头上，它最后变成了二妞日记本上的标本，永不凋零。

那天深夜，二妞竟喝下两斤高粱酒，所幸村医把人救醒。从此，二妞再也不来池塘边赏花，她的花已经谢了，她的心里已经没有花季。她娘悄悄地把那一百多封从胡杨故乡寄来的信都化成了灰，成了二妞永远的谜。从此，不管是木槿花还是芍药、牡丹、荷花、芙蓉花……这些大红大紫的花儿一夜间在二妞心里都凋谢了。

村里的金土也不懂花，更不赏花，但他一直在默默地浇花。那丛木槿花一直被他浇得特别旺。如今，二妞不来赏花，他就在池塘边种上刀豆、鳑鲏豆、葫芦、丝瓜这些四季瓜果，他的瓜架下瓜果累累。

每年二顺都带城里的姑娘回来探亲一次，二妞也能大方走上前去打声招呼，只有二顺看见她的脸上再也没有花儿的影子，写满了长长短短丝瓜、葫芦瓜的影子。花丛旁的瓜架下，金土汗如雨下。

二妞和二顺都是我的邻居。像是预言，看到他们，我似乎看到童年的梦境在提前预演。

无相之果

到军营一个月后，我才知道这是一片苹果园。

济南的春天可不像闽南，多是春寒料峭的时候，放眼望去，四周尽是一片灰灰的色调。梧桐树、落叶松还有杨树，这些原先我不认识的高大之树，它们的枝头上见不到一片翠绿的叶子，一排排直挺挺地立在马路的两旁。营区正中间还有一片园子，园子里有一片长得短矬的树丛，它们也见不到一片叶子，横枝丛生，和这些高大的越冬落叶乔木相比，简直称不上“树”这个称谓。这样说其实是我矫情，初来乍到，连它是什么都叫不上来，还妄加评论。仅仅因它没有高大的身段？或是习惯于仰视高大而忽略眼前或脚下？我的眼睛迷惑于有形的世界。

后来，有人告诉我，这片短矬园子是苹果园时，证实了我先前的无知判断。

在季节的感召下，园子里的苹果树开始吐新芽，再过些日子，它们就开满了粉红还有粉白的花儿，满园春色，一改先前颓败景象。很快，这些花儿就在枝头上变成一颗颗小青果，从小指头般大小开始，到无名指、中指、拇指般大小，它每天都在变化，一颗果实形象地展示了生长的过程。

“向右看齐，向前看，正步——走——”

齐步、正步、跑步是新兵必训的重点课目，我们每天都在苹果园边的马路上训练这三大步伐，最累的是正步，一个踢腿的静止动作要保持几分钟，这个动作还要练习很多天。刚到部队时我特别想不通，不就是走路吗？干吗还要这么多规矩，我看不出它和打仗有任何联系。一点都不像村里二顺哥说的那样——端起枪，我为祖国去站岗。入伍一个月，连枪影子都没见着。每天不是齐步就是正步，要么是跑步，这三个课目挨个儿来，没个完。最难的是，从迈腿到摆臂，每一个动作都有统一的尺寸。把上百只胳膊都摆成一条线，把上百条腿踢成一个平面，整齐有了几何般的庄严感。从电视上看阅兵，齐刷刷的方阵走过天安门，气势豪迈，好看。没当过兵的人无法想象，那每一个动作背后是千锤百炼练出来的。单齐步的摆臂动作我们练了一个多星期，正步仅踢腿动作我们练了半个月；而参加国庆阅兵的方阵，他们至少要训练半年，甚至一年以上，越简单就越是艰辛，这简单是一种被忽略的繁复。人是最智慧的生物，却是最容不得单一的重复。人的本能在排斥这种简单的重复。然而，部队需要这种重复，需要这样百炼成钢，铸成一个摧不垮、打不烂的钢铁长城。

我们完成这三大步伐训练已经三个月过去了，园子里的苹果已长到李子般大小。沿路边长出铁丝网的青苹果都有私下的归属，早先还只有一颗小纽扣般大时，就被大家悄悄刻上字。很多人都刻上自己姓或名里的一个字，还有的人刻上女朋友的名字。刚刻上的字只有五号字般大，不细看是发现不了的，现在是一号字那般大了，一目了然在眼前。我也在第十三根水泥桩旁那棵苹果树的一个小苹果上刻了一个“梦”字，用细铁丝轻轻划下的，现在这个“梦”字一再被放大，而且还将继续放大，但我还不能分辨，放大后的梦是近了，还是远了。

这个“梦”字是我的秘密，它是我的全部心思，像童年头顶的那朵云，总在前方，总在高处，看得见，却遥不可及。我也想和二顺哥一样，端着枪，站在一棵胡杨树下站岗，进而成长为一名可以带兵打仗的连长、营长，甚至将军。但眼前没有一棵胡杨，每天都是齐步、正步、跑步，叠豆腐块被子，喊一、二、三、四的口号，我看不到齐步、正步、跑步、叠豆腐块被子以及一、二、三、四的口号和当连长、营长，甚至将军之间的联系，我感到那朵云越飘越远。

这个被做了记号的苹果一天天长大，我寄在苹果上的“梦”，像被虫咬留下的斑纹一样越来越模糊，它最终只留下恶作剧的斑纹，它不再是一个清晰的“梦”。这个被恶作剧的苹果形象地向我展示梦的膨胀到虚幻过程，看来梦是不容说破的。梦不是沿路捡拾的中奖彩票，梦是一生的旅程，看着那个一天天长大的苹果，我想起僧人手中的那串念珠，摆臂、踢腿，这些都是抵达梦境的基本修行，越简单越繁复，就越考验一个人的品行。看着这个苹果，我渐渐了解了梦的成长方式，漫长而幽远。一颗心从此而笃定，童年的梦才开始落地、发芽！

2014-10-07 于平和小溪

王老虎的家书

刚到济南新兵连的第一个周末，连队挤出半天宝贵时间让大家自由活动。意思是让大家洗衣服，上服务社买生活必需品，当然还可以写信什么的。那时一个宿舍四个铁架床，上下八铺，住着河南、山东、江苏和我们福建八位新兵。听到值班队长哨声通知后，我发现寝室一下安静下来，没有欢呼，没有叹气，八个人各自坐在床头上，拿出信纸和笔，以豆腐块形的被子为桌，盘腿坐在床上，开始写信。可能有女朋友的家伙会先写情书，他认为情书更重要；像我没有女朋友的就写家书。

这一周太漫长，大家都头遭出远门，还被关在连撒尿都要打声报告的军营里，这恐怕比小孩断奶还难受。只有到部队才知道家的好，十八九岁正是锋芒毕露的年龄，随时随地可以给人脸色，每个人都自由、独立。一到部队就全变了，每个人都不可能是独立的个体，都只是队列中的一个数字，像队列报数：1、2、3、4、5、6、7……每个人都只是操场上的一个点，他不能独立成行，更不能成方。行进有路线，队列有口号，吃饭还有歌声；迈同一条腿，摆同一只手；穿一样的服装，扎一样的腰带；铺一色白床单，叠同一个方形的被子，睡一样的铁床。吃一样的白米饭，啃一样的馒头，喝一样的小米粥。哨声一响，向同一个方向集中，站成一条直线，迈一样宽的步伐，每一个点都连着一整块神经。

部队就像栽树，从不同林中集中来不同的苗木，在同一时间，同一地点，按统一尺寸裁剪，重新栽成一片森林，并时时修剪它们。部队就是要把不同的螺丝硬拧到同一台机器上，变成铁板一块，变成铜墙铁壁；就是把不同材质放在同一个炉里炼出同一块铁，早已没有你我他了。这等于一次重塑，每个人都必须承受这重塑之痛。这种痛在紧张的训练中无暇抚摸，现在有时间了，大家都需要通过信笺打开一个缺口，把伤痛的脓汁导流出来。于是，一听到自由活动哨声，大家纷纷在信纸上抚摸自己的伤口。被堵一周了，一打开，一下泛滥。最先啜泣的是我下铺河南兄弟张宇宙，这家伙貌似高大，其实内心最脆弱。他还是父母一路送到部队来，父母离队那天就哭得死去活来。我朝下铺看他一眼，只见他眼泪像串线的屋檐水，一下把信纸给淹了。

悲伤会传染，河南、山东、江苏和我这个福建兵都哭了。

那时通信不发达，没有长途电话，没有手机，更没有发达的网络QQ。我们都离家很远，哭声传不到家乡亲人的耳朵里。只有把哭声落在信纸上，再由邮递员一路小心输送，才会到达几千公里外的家乡，到达父母的手里。其他兄弟的哭我说不清，我只知道自己为啥要哭，因我有很多话要说，却一个字都说不出来。虽然以前上学不认真，但从小学到初中，咱也识了不少字，这些字如今不知跑到哪儿玩去了。我无法约束它们，让它们听我指挥，各自排列成行、成方，很快变成一个方阵，站在我信纸的每个空格上。看来是我自己失职，没有把老师给我的那些文字经过严格训练，未曾严格管教它们，以致它们一个个都成了散兵游勇，在脑海中满山放羊，甚至和我捉迷藏，到要集中它们时，我一个也召唤不回来。

我想起这一周来的感受，从闽南那偏僻小山沟，乘着解放牌汽车到县城武装部集合，之后我就陷入一个又一个陌生的包围圈中。长大后头回走出县界，到漳州火车站广场集合时，全市三百多人坐在广场等车。记得那年 3 月的阳光很扎眼，一晃，我顿时觉得头晕目眩的。进站第一次看见火车，这长长的巨兽，开起来却非常平稳，带上我一路北上。我感觉火车速度比汽车快，它太快了，连沿途的小花小草都没看清。路边排列有序的绿化树好像沿途在向列车招手，向我们招手，但我一个都没看清。我坐在车厢靠窗的地方静静地发着低烧，连同村三位一块儿入伍的同学都不知道。他们在同一节车厢与其他老乡战友聊天打牌，闹得火热。伟奇与志海是我们班长得最壮实的，他们胃口好，一上车就买烧鸡吃。车上一只烧鸡 6 块钱，他们口袋少说也有三五百块钱，够他俩把烧鸡从闽南一路吃到济南。

出发时我也有三五百元，那些都是亲朋好友给我的。父亲送我上车时，我看他佝偻的背，想到刚摔断腿不能来送行的母亲，就把口袋的钱几乎都给了父亲，只留 80 元。武装部的人说：当兵不用带钱，到县城集中，从牙刷、挎包再到面包，吃的、穿的、用的，一切都发，到部队后还有每月 18 元津贴。出发到集镇买块手表后，口袋还剩 36 元，够买六只烧鸡。我怀疑那酱色的烧鸡不好吃。

我怀疑眼泪是否有欺骗性。在县城武装部集中出发前，我们这批前往济南的共有 76 人，加上前来送行的亲友有两三百人，哭成一片。伟奇和志海乡下出发时就哭得一塌糊涂，那时我没哭，见父亲消失在视线外时心很酸，眼圈红了一下；在县城看他们哭，我把脸别过去不看他们，不哭；后来欢送的锣鼓声一响，这群体的哭声，像那送别的鞭炮，一下全炸开了，声音超过了锣鼓声，压过了鞭炮声，我依然没哭。只是后来上车后，我发现大哥在车窗外很凄惶，他找不到自己的弟弟，无法和自己的弟弟挥手告别。他的弟弟个子最小，体检时比规定的90斤体重还差半斤，身高距一米六还差几毫米，一下被淹没在人堆里。他找不到我，我看他的眼神焦虑、惊慌，尽管个把月前我们兄弟俩还打了一架，看他这么焦急地想和我挥手，我擦了一下眼睛，有泪。但大哥没看见我，隔着玻璃他没找到自己弱小的弟弟，他被淹没在人群中。我朝大哥挥手，他也没看见。车子没走出多远，车内就开始有说有笑了，刚才哭得最狠的那个瘦高个儿竟第一个笑出声来，使我怀疑他们刚才的哭的真假。到漳州上了火车，他们没有一个不开心的样子。

这一周来有太多的新鲜事，火车、长江、太多的平生第一所见所感，但我无从把它们表达在信纸上，寄给闽南小山沟的亲人。我不能说自己一路低烧到济南，也不愿说我在车内朝大哥挥过手，更不能说第一次忘记请假去服务社回来后，被队长踹了一脚，而那些不咸不淡的话又找不到对应的文字来说。

第一次写家书就碰上难题，眼泪浸湿了好几张信纸，却一个字也写不出。倒是住我隔壁上铺的山东兄弟王老虎，他人实在，他用那粗糙的手抹了一把泪后，开始往信纸上写字。他，人不高，阔脸，奇黑，肩宽，背厚，稍有罗圈腿，一看就是干惯农活的人。我看他写信像挖地，一横一撇用十足的劲，信纸上的字却歪歪扭扭：

爹、娘：

ǎn（他俺字不会写）好。15日到部队，从早到晚，站一站，走一走，有白莫（馍）吃，喝小米弱（粥）。别念ǎn……

偷看了老虎兄弟的信后，心里好受不少，也知道信该怎么写了。

2014-01-08 于平和小溪

我只是一只麻雀

新兵连睡铁架床，分上下铺，一个宿舍住八人。班长李青松和副班长张宇宙睡在靠门两边下铺，河南壮小伙儿王伟和老乡胖子住靠窗的下铺；湖南的张湘里，山东的王老虎，还有老乡刘小川和我四人住上铺。

八个人的宿舍也是一个等级分明的微型世界。下铺不用每天爬高爬低，又不担心半夜不小心摔下来，大家都爱睡下铺。但睡下铺也是有讲究的，正副班长是我们宿舍里的最高领导，大家一言一行都受他俩管制，他俩占下铺天经地义。王伟和胖子块头大，占着下铺也无话说。宿舍这四位从职务和块头决定了他们的分量，他们四位是宿舍里的基石一般，在八人心中早排好了位置，他们四个占着下铺太平无虞。剩下我们四个上铺的一时难以对号入座，尚需时日考验，但格局基本成型——张湘里和王老虎人结实，身手利索，一有空当就在宿舍里练，他俩双脚钩在床上做俯卧撑，一口气能做上百个，胸肌、三角肌一块一块的。这么结实的身板，自然不可小觑。宿舍里就剩下我和刘小川两位老乡垫底。像坐在一张八仙桌一样，正副班长是上首，王伟和胖子主宾，张湘里和王老虎副陪，刘小川和我是末座，像梁山好汉一样座位基本排定。平日里，打扫卫生及到锅炉房打水，我和刘小川去的次数自然就多些，这是一个不容置疑的事。

我从走进这个宿舍的第一天就认清了这个形势，人家要么职务高，要么块头大，他们都占着优势，多些阳光雨露无可厚非，只要脚下还是同一片土地就行了，丛林法则到哪里都一样，咱认命。可是老乡刘小川不认命，他不愿意和我一样，早上打扫房间，晚上去打水，他希望和其他人一样，至少和张湘里及王老虎一样，除了分内事，不用多摊一分一厘的活儿。他需要找一个突破口。他先挑中我，他觉得宿舍里只有我是软柿子，捏起来不费劲。更关键的是，捏柿子要捏出效果，捏得对方没脾气，这样才能抬高自己。这样的话，柿子自然是越软越好，我自然成了他要捏的最佳人选。

咱是山里娃，脸黑，瘦小，一眼就看出咱营养不济带来发育不良特征。记得应征初检时，当时站在秤上，体重差半斤，身高差几毫米。工作人员说我缺斤短两。那年征兵的标准是体重 90 斤，身高一米六。记得隔壁农家村村长带一帮孩子来体检，让那个最高的孩子站上去，一量，竟还差两公分，其他人就不用检了，连杯水都没喝就回去了。而我处在达标边缘，可上可下。在这紧急关头，我忙说自己忘吃早餐，饿得连腰都直不起来。一旁的乡武装部干事一听，忙替我打圆场，勉强过关。临入伍前，部队接兵的上门了解情况，那天，我还在山里烧窑，堂叔把我找了回来。一个穿军装的人站在田埂上，一看到我便直摇头，连问三遍："真是他？"我上前一步说："没错，首长，你要的人就是我，我是层层体检合格的即将入伍的解放军。"记得当时我还向他敬了一个不标准的军礼。那个人终于笑了。那天我在烧窑，脸熏得像黑张飞，身上还罩一件父亲穿的旧冬装，显得更像娃娃。我不知道他是被我的样子逗笑了，还是被我那不标准的军礼逗乐了，反正我给他的印象就是一个还没长大的黑娃娃。几天后，我跟他上火车，到济南才知道他就是我们的排长，一个军校刚毕业的年轻少尉。

老乡刘小川先是对我发牢骚，他天天用闽南话说：“就咱两个日日做奴才。”说归说，他还是和我一道扫地打水。后来，他看我对扫地打水没意见，对他的话无动于衷，就干脆不扫地了，只拿簸箕站在一旁看我扫地，等我扫完地他就把簸箕递过来，他俨然成了一个监工。打水时也一样，开始他和我各拎两个暖瓶，后来就变成我一人拎四个暖瓶。再后来，他干脆不陪我打水了。多干点活儿咱没意见，这些活儿和乡下烧窑比起来不值一提，趁他不陪我打水的日子，我还经常把四个灌满水的暖瓶当哑铃来练，一路扩胸运动回来。一个宿舍就像一个大家庭，我们家兄弟多，兄弟间总有个别霸道的，也有个别懒惰的，甚至还有个别难缠的，和谐相处需要最大的包容，想到这些我就觉得这一切都挺好，再正常不过了。

新兵连三个月结束了，我因勤于扫地打水受到嘉奖，我们班长也受了嘉奖。这时刘小川不干了，他天天对我说：“凭什么？一块儿扫地打水，凭什么你受嘉奖，两个人的功劳却记在你一人头上？”想想也对，他的话多少有些道理，他只比我少打水一个月，虽没坚持一块儿扫地，但他还是坚持拿簸箕陪在一旁，我真恨不得把奖章撕一半给他。

刘小川对自己三个月劳而无功非常不满，接下来的半年业务培训中，我俩还得一块儿扫地打水。开始，他对我言语相激，见我装聋作哑，继而加大火力，句句攻到要害。当然，他总会冠于玩笑的形式，我还是一笑了之，我装傻，让他进攻失去了方向。见老乡刘小川都这般待我，久而久之，宿舍里所有人都觉得我是一只温顺的绵羊。

战友间推推搡搡的事常有发生，大家常在课间或在宿舍休息时，拿个人来推搡打闹一阵子取乐。更多的只是打闹，并不来真的。我们宿舍当然首推我来当众人打闹的对象。别人推搡我可能觉得我个子小，脾气好，好玩。我发现刘小川却不这样想，他总会带着情绪推搡我，而且下手比别人重。一次周末，他还拉着胖子一块儿想把我叠罗汉一样叠在最底下。我当场翻脸。胖子见我翻脸就收手，可他没收手，继续想把我放倒在地上叠罗汉。我一把推开他，指着他的鼻梁说：“有种，咱到小树林决斗。都是老乡，不需要帮手，就咱俩。”

论个头儿他比我高半个头，他以为我只是说说而已。宿舍其他人更不会当真，在一旁起哄。他一时情急说：“行，别后悔，不去是小狗。”说完他先转身下楼。我二话没说，下楼直奔操场边的小树林。

我在小树林一平地上先站定，等刘小川过来后，我从地上捡起两根腕口粗的木棍，丢一根给他，另一根握在手里，问他：“文斗，还是武斗？”他说：“文斗怎么斗？武斗又怎么斗？”“文斗是你砸我一下，我砸你一下；武斗我们一块儿互殴，看谁先把对方打倒。”他愣了一下，看着我，不说话。我说：“都是老乡，干脆文斗，你先砸我，动手吧！”我直视对方，等着他向我砸过来。

他从地上捡起那根木棍，紧紧握在手里，很用力地举过头顶，走到我的跟前，和我对视良久。我看他眼神有一丝慌乱，继而开始躲躲闪闪，而我一眨不眨地紧盯着他，终于，他丢下木棍弃我而去。他走出了小树林，我也丢下木棍，我们一前一后回到宿舍，他一脸铁青地坐在窗前。我也一言不发地坐在自己宿舍里。从此，宿舍里再也没有人拿我寻开心，刘小川从此也变了一个人似的，不再发牢骚，还能和我一道扫地打水。半年后，他也受到训练团的嘉奖。

离开训练团前一晚会餐时，刘小川端着一杯满满的啤酒敬我说：“那次在小树林，我看你就像董存瑞，眼睛会吃人，我一辈子也忘不了。”我说：“不，我充其量只是屠格涅夫笔下的那只麻雀，情急之下，唯有一拼而已。”我们相视一笑，又成了朋友。

2014-10-18 于平和小溪

没有永远属于你

在部队那些年，我是最不善于保管财物的一个人，一直丢东西，而且尽丢些小东西。这些小东西无非就几件部队发放的军装，值不了几个钱，但军装是军人穿在身上的符号，对我来说又是不可或缺的东西。没有这些军装，甚至不能和大伙儿一块列队、吃饭，严重影响我在部队的生活。

我刚入伍的第一晚就开始丢东西。那晚，我们在县城武装部集合，一觉醒来发现一条绒裤找不着了。这是入伍出发前乡武装部发的绒裤，部队在济南，济南和闽南比起来，那气候差别太大了。闽南在冬天也不需要绒裤，但在济南，绒裤就是一件重要的御寒衣物，丢了它如何得了。我记得，当晚我们 70 多个同往济南的战友挤在一个大礼堂里过夜，你挨着我，我挨着你，大家连成一片。我分明把绒裤折好当枕头，一觉醒来绒裤还是不见了，问邻铺，谁也没见我的绒裤。

头回出远门，胆子小，找不到绒裤也不敢声张。我左顾右盼，发现战友们都有一个包，大家都把自己的东西放在包里，这样东西自然不容易丢。而当时我就缺这样一个包。出发前，乡武装部冯部长说，部队什么都发，小到一件内衣，穿的用的都会发下来，去部队不需要多带钱。我听了他的话，就把口袋里的钱几乎都给了父亲。父亲比我更需要这些钱，家里除了上学的弟弟，还有卧病在床的母亲。我把口袋里400元整数留给父亲，自己只留下80元。到了集镇我又买了一块手表。当时我认为手表比包重要，手表能让我时时掌握自己的时间，跟上部队的生活节奏。买了手表，剩下的钱就不够再买一个包了。我的东西没用包管理，它丢了，我觉得自己活该，不能怪别的，我只能把剩下的东西更加小心地用床单包好，连同被包一块儿扎紧。

到济南新兵连后，因没有包，我把刚发的夏常服和秋衣这些不到换季的衣物用一块布包紧，寄存在连队的储藏室。我认为储藏室是安全的，它有专人保管，定期开放，它一定能保证我个人财产安全。结果，每到周末去找我的衣物时，发现不是少了双袜子，就是少件衬衫。这些部队发的衣服，同一个颜色，同一个型号，穿在谁身上都无法认出来，而别人东西一件也不丢。从此，我发现一个包对衣物的作用，好比是一个人的房子，别人的东西都关在自己的房子里，只有我的东西在野外露宿，不丢才怪呢。

我开始攒钱，每月从津贴里攒十元钱，三个月新兵连结束时，我从济南买回一个大大的桶形包。我为自己的衣物买回了一套房子，我为自己的财产构建一个安全之所，我把个人财物都装进这个包，寄存在储藏室。下一周去储藏室时，发现东西一件也没少，这让我放下心来。下下周再去储藏室时，发现包里少了两件裤衩。这是部队发的绿色大裤衩，没有松紧带，我不习惯穿它就塞在包里，竟也有人喜欢上它。也罢，怪自己没把包上锁。包没上锁就像房子的门没关上，别人一样可以自由出入。我赶紧给自己的包上了一把锁，总算把放在包里的东西锁住了。这时另一个意外情况出现了。我发现自己晾在操场上的袜子和衣服也会丢。操场是公共空间，我无能为力，丢衣服也就变成经常的事。有时是衣服没了，有时是换回没洗的脏衣物，这让我哭笑不得。但从这“拿走”

与“留下”来看，要我衣服的是两种人，一种人是彻底拿走，另一种是拿脏衣服和你换。这两种人最大的不同是，前者他是占有，后者只是懒得洗衣服。也不见得后者比前者更仁慈，他拿脏衣服来换，说明他不缺衣服，他需要的只是干净的衣服，说不定他就是一个好吃懒做的纨绔子弟，习惯于别人为他服务，他是居高临下的一种盘剥。而把衣服拿走的人，可能是穷苦农民的孩子，他更需要多几套军装寄回家——给家人穿。接二连三地丢东西，我没有生气。丢都丢了，我生哪门子气呀！我更加努力为保管好自己的东西而较劲，屋里屋外我盯得紧紧的。

训练团八个月结束，我从济南分配到杭州时正值冬天。杭州的冬天十分阴冷，部队给我们每个新兵分发了黑皮（上机场的工作服）。那天我打台球回来，发现黑皮不见了，这让我吃惊不小。丢了黑皮可不是件小事，它对我太重要，每天上机场要穿黑皮御寒。晚上还要拿它当棉被盖床上增暖。黄河以南的部队过冬时都享受不上暖气，每人就一床棉被，外加一条棕垫和一条褥子。这三件对江南湿冷的冬天来说，实在太单薄，一到半夜总被冻醒。睡觉前，大家都拿出大衣、黑皮，几乎是能穿的厚衣服都盖在被上防寒。黑皮是每个人过冬不可或缺的东西，我几乎天天穿在身上。

黑皮是件厚实的棉衣，虽不好看，但它实用。它有一排竖扣，还有厚实的毛领，中间还有一根带子。穿上它里面再加一件衬衫就足以过冬。特别寒冷时，扣上扣子再系紧那根带子，就什么风都进不来了；平时大家都只系根带子，穿黑皮就像披大衣一样方便。出太阳、打球什么的，感觉热时，顺手拉开中间那根布带就不热了；出汗时，一甩袖把黑皮脱下来。因为黑，它不怕脏，随便往哪儿搁都行，大家都爱穿它，整个冬天，大家几乎不离黑皮。

如今这件黑皮不见了，黑皮在部队是四年换发一次，没有它，我如何熬过杭州的四个冬天？我发疯似的从一楼找到三楼，找遍连队的每一间寝室，就是找不到那件黑皮。

看来，我要在杭州挨冻四个冬天了。往后上机场，别人都裹着黑皮，我只能穿着薄薄的夏季工作服。无论我往身上叠多少件毛衣，都挡不住机场那像刀一样的寒风。如果一件黑皮穿在身上，就像一辆坦克有了安全的装甲防护，刀枪不入。这个冬天，我为自己的不善保管吃尽苦头。

很快，杭州下起了小雪，那天上机场时，我穿件薄薄工作服瑟瑟发抖地挤在队伍中间，这样可以减少受风少挨些冻。我抬头发现走在前头张山峰穿的那件黑皮很扎眼，那天他穿的是件新黑皮。我和他是一个分队的，印象中没见他穿过新黑皮。他是第六年的志愿兵，来自苏北农村，平时是个很节省的人，待我还不错。我很想看看他穿的那件黑皮。我在自己黑皮上做了暗号，我在领口下悄悄写下一个“梦”字，这个暗号是他人不知晓的密码，只要让我认一下，就能断定这件黑皮的主人。

但我犹豫了一下就放弃了。即使这黑皮真有个“梦”字，就一定是我的吗？我不认为那还是我的黑皮，没有谁可以永远拥有一件东西，每一件东西都有它自己的命运，它在你手上时，你只是它的保管员而已，它不会永远属于你。战国的青铜器还属于战国吗？明清家具还属于明清吗？它们何曾属于过去的旧主人？世上没有永远属于你的东西。所有的东西都在使用中找到归宿，我也犯不着那么累地死盯某一件东西。黑皮穿在别人身上就该是别的人东西，我把它丢了，就不配再次拥有它，我必须为自己的失误付出代价。想通了，反倒觉得一身轻松，再也不会因丢了一件东西和自己过不去。后来，恰逢老兵退伍，宿舍的老余见我冻得可怜，就把那件旧黑皮送给我了。转业前，我还丢了一件更值钱的新的军大衣，我照样没声张。

2014-03-15 于鲁院 612

七天

第一天

我们从新兵团刚分到连队第三天，指导员便给我、阿光、亚晴、周飞四人一个特殊任务，给一个人站岗，两人一班岗，每班岗半天。

去之前，我们并不知为谁站岗，指导员一脸严肃地交代我们一定要时刻在岗，不要和“那人”多说话，否则就严肃处理我们。我们才知道这任务非同寻常，指导员竟把这重要的任务交给我们四位新兵，我们四人心中涌出一种神圣感。

我们站岗的地方在通讯营后面一个小平房里，这原本是一个小仓库，比我们五个人的宿舍还大一些。房间没有窗户，只有两扇大铁门，铁门的左侧还留有一扇小门可供我们出入。打开小门，一股呛人的烟味袭来。房间正中间被一道钢筋隔开成内外间。外间有一张小木桌，还有两张单人椅子。里间有张折叠钢架小床，“那人”是一个胖子，他懒懒地躺在上面。

“那人”身穿冬常服，从他佩戴的志愿兵肩章上看，我和阿光在他面前还是个新兵蛋子。“那人”穿戴并不整齐，上衣有两个扣子没扣，第三个扣子还扣错了位置。一头卷发乱得像草窝，一脸络腮胡子像钢刷，两眼通红，初看，样子有点吓人。“那人”见我们进来时，慢慢起身坐在床上，发现扣子扣错了，赶紧解开重新扣上扣子，脖子上两粒扣子他依然没扣上，敞着。这时，他从床下拿起一个军绿色搪瓷缸朝我们递过来：“小兄弟，帮忙给我倒杯水。”听他沙哑的嗓音，再看他脱水的嘴唇，我开始同情这个胖子。但我们记住指导员的交代，不和“那人”说话，只给他倒了一杯水后，就再也没理他。我们干巴巴地坐了一上午。晚上，亚晴和周飞回来说，他们也干巴巴地坐了一下午。

第二天

早餐后，我和阿光又去站岗。“那人”和昨日一样，很懒散地躺在床上。我们四个新兵只负责白天岗哨，夜晚由警卫连哨兵负责。见我俩进来，“那人”又递过搪瓷缸向我们讨水喝，我们仍旧冷冷地给他倒杯水。喝过水的胖子来了精神，开始和我们拉呱儿，我俩不理他，他却不管我们态度如何，只顾说下去。从他的“自我介绍”中，我才知道“那人”原来是后勤连队的一名司务长。每个连队都有一名司务长，司务长一人掌握着全连上百人的口粮，连队的油盐柴米，小到一粒味精，都归司务长掌管，司务长是每个连队的大管家。

“那人”长我们几岁。喝过水的“那人”，举着水杯对我们说起喝水的话题，他说小时候农村老家特别穷，大饥荒时，他亲眼见家里大人啃树皮、吃树叶，偶尔还吃观音土。村里许多人都饿得浑身浮肿。他还小，没吃这些，每餐能吃上麦麸饼或粗糠饼，但这东西糙，难以下咽。就这个，他还是吃不饱，大人们已尽力，每餐勉强给小孩子一个饼已倾尽所能。一个糙饼在肚子里不占地方，肚子依然饿得咕咕叫，就拼命地喝水。只要一饿就拿水瓢舀水喝，一大瓢一大瓢地喝。那时候的山泉水冷，但喝起来甜。兄弟几个每次都开展喝水比赛，咚咚声响，把肚皮灌得像蝌蚪一样，咣咣的，走起路来一晃一晃地响。那时，饿的第一感觉不是饿，竟是渴，感觉肚皮消下去一点，大家就觉得渴，就会又拿起水瓢舀水喝。这样一段时间下来，大家的肚皮都变成透明的，整个肚皮就像一块透明玻璃一样，大家都能看见肚皮上交错纵横的血管，几乎就看见了过度膨胀的胃，它像一个灌满水过度膨胀的气球一样，不断地在肚皮里晃荡着。走起路来，整个肚皮就像一个甩开的呼啦圈，有一股向外的力，总朝外甩，人走起路来就摇摇晃晃，像一个即将倾倒的陀螺，晃得头晕目眩的。

第三天

我也来自农村，有关饥饿的记忆虽不及“那人”深刻，但小时候我也挨过饿，他昨天和我们说起喝水的记忆引起我的极大兴趣，这天一上岗，我就期待他有更精彩的故事。果然，“那人”见我给他端过一杯水后，又开始了他的讲述：

后来，看见隔壁邻居有一个小哥哥，他手里拿着一叠叶子在吃。吃之前，他先从身边的小竹筒里抓一个什么，放在叶子里，像包饺子一样卷起来，塞进嘴里，闭上眼睛不断地咀嚼起来，然后停顿一下，向下一使劲，喉结动了一下，就咽下去了。看不出是好吃还是难吃的样子，他没有任何表情地向我们展示了吃或者是吞咽的过程。我和哥哥走上前去，他一只手紧紧捂住竹筒，不让看。哥哥一抢，竹筒不小心倒了出来，天哪！一条条会爬动的虫子全都撒在脚下，绿的、黄的，啥都有，每条都有半指大，还有十几条虫子在不断地爬，看得我一口酸水涌上喉咙。哥哥惊讶地指着地上的虫子问："阿东，你敢吃这个？"

阿东没吱声，他赶紧把地上的虫子一一抓回竹筒里，待我们走开，他依然用叶子包虫子，像吃饺子一样塞进嘴里，然后闭上眼睛不断地咀嚼起来，再停顿一下，向下一使劲，喉结动一下，十几只虫子就被他一一咽到肚子里去了。直看得我们哥儿俩目瞪口呆，一阵阵反胃。从那以后，我们无论是睁眼闭眼，眼前总是出现阿东吃虫子的情景，有时觉得恶心，但看阿东吃得毫无表情的样子，又不敢确定。几次想问阿东——好吃吗？但看他那不说话的样子，知道问不出来，就不问了。终有一天，哥哥带着我一块儿去找虫子。这些虫子也不好找，附近能找到的可能都让阿东抓去了，我们到山脚下找，结果在一棵栎树下抓到一只虫子，比阿东抓的虫子两倍大，有小指大。是只黄绿相间的虫子，哥哥用树叶包着递给我，我不敢吃，他也不敢吃，最后，我们把这只虫子分成两半，各摘一片菝葜（客家话俗称：马甲子）嫩叶子，像阿东那样包饺子一样，闭着眼睛吃，都不敢细嚼，眉头皱得紧紧的。

"那人"看我俩听得发呆，竟有些得意起来，他不往下说了。我们急着问："啥味？"

第四天

和昨天一样，我们一到岗就急催着"那人"讲昨天中断的故事，他知道把我们胃口吊足了，他一点也不着急，喝过水后不紧不慢地开始续接昨天的故事：

第一次吃虫子，一入口就感觉有些微苦，还有点腥，但没细品，说不清那是什么味，紧接着一阵恶心，哥儿俩狂吐，连胃里

的水都吐出来了。后来，我们不死心，又抓了一条虫子来吃，就感觉没那么腥了。

“那人”说，人最困难的是第一次，第一次尝试后，他和哥哥就变得和阿东一样勇敢了，抓来什么虫子都敢吃。再后来，村里越来越多的小伙伴都来抓虫子吃，大家开展吃虫子比赛，村庄周边的虫子都被我们抓光了，就跑到山上抓。我们不但生吃，也有用火烤着熟吃，最好吃的是有一种叫笋龟的甲壳虫，有拇指大，烤熟了非常香。那些硬壳的虫子是要烤过才好吃，软体的不好烤，一烤就焦，还像阿东那样，用叶子裹着吃。

很快，虫子就抓不到了，就有人开始挖蚯蚓吃。还是阿东带的头，他第一个用手指拎着，直接放进喉咙里，看得真恶心。但真壮胆吃时就不恶心了。何况大家在一块儿吃，人多，胆气就壮，谁也不甘当胆小鬼，凡事只要有人带个头，就会有一群人效仿，带来群体效应。人的胆就是那样练出来的。从那以后，我们什么都不怕，遇上什么吃什么，遇蛇抓蛇，遇蛤蟆抓蛤蟆，啥都吃，通吃。你们知道生吃青蛙是啥感觉吗？“那人”又向我们卖起关子。我们又没尝过，咋会知道那感觉。看我们一脸茫然，他又得意起来，继续向我们讲述吃青蛙的感觉。他说，开始抓到小青蛙，大家放在手掌心上，使劲空拍几下，它就晕过去了，放进嘴里生吞，慢慢滑进去，那过程很缓慢。后来再抓到青蛙，大家就不拍它了，张开嘴，捏住它的两条后腿，一放，它使劲一跳，就进去了，从喉咙一直到胃里，它至多五下就到站了。到站以后，它立马会感觉到一锅温水在等它，它开始还畅游几下，你能感觉它在你肚里上下左右，不断地撞碰，酥酥的，麻麻的，百爪挠心一样，很快，它就不动了，一切又平静下来。那感觉，开始有点怕，后来就成了一种乐趣。

第五天

虫子的故事讲完了，这天我倒不急着催“那人”讲新故事，他递过水杯我俩都故意不理他，我们要把昨日的尊严找回来，要知道，“那人”还是被我们看管的对象，我们就是要杀杀他那得意的样子。“那人”只好好言相求，看那可怜巴巴的样子，我们才给他倒水喝，他也不再卖关子，接着就讲开了故事：

后来上学了，终于能勉强填饱肚皮了，我们就不吃虫子了。我们渴望吃糖，吃一种筋糖。货郎会经常挑来卖，圩里的小店也有。但我们没有钱，闻到那甜味就流口水。

那次上学途中，我和我哥路过一座庙。那是一座很小的庙，庙里供着三尊神仙，一个红脸坐中间，一个黑脸拿刀站在他右边，另一个白脸拿印站在他左边。那时我们并不知道这三尊神仙叫啥名字，他们跟前都有一个香炉，石头雕成的大香炉，炉上插满香脚，上面落满厚厚一层灰。哥哥领着我走上前去，我以为他要烧香，却没有，他轻轻刮去炉边上那层灰，再一吹，我们便看见一些硬币。壹分、贰分、伍分面值都有。不多，十几枚。虽然年纪小，但常跟老娘来这里磕头，我不敢动那香炉上的钱。娘说，对神仙不敬，神仙怪罪下来，会让人肚子疼得在地上打滚。哥哥比我大三岁，他比我懂得多，他朝神仙拜了拜，就一一把这些硬币拾起来，揣进自己兜里。之后，他一阵小跑，跑到圩市买糖吃。那是榨糖厂锅底捞出的糖浆，煮干后，像擀饺子皮一样，反复搓揉，再拉伸，变成一条麻绳样，醮上面粉，切成一块块就是劲道十足的筋糖。这筋糖，甜，有股焦香。一粒糖二分钱，哥一下买了十粒，却只给我一粒，因为我没伸手拿那些硬币。回家后，我看哥哥肚子没疼，头也不疼，原来娘说神仙不能碰的话让我开始

怀疑，我不再相信娘说的话。往后的上学路上，我就经常一人跑去庙里，有时是白跑一趟，有时能找到几枚硬币。找到硬币时非常高兴，立马跑到圩里买糖吃。

第六天

经过前五天的磨合，我们和“那人”都不再卖关子，见了面，喝过水，他就开始讲述：

后来，肚皮告别饥饿了，三餐都吃得饱饱时，我就到部队来了。

“那人”说，所有人都知道，人告别饥饿就从此不会再挨饿，但记忆却像秘密一样永远烙在心上。肚皮的饥饿很容易被食物填饱，可是人人都有一根日益刁钻的舌头，食物越丰富，它对食物品质的辨别越刁钻，舌头就是一台精密的检测机。再加上眼睛，每个人的眼睛都好比是一部有记忆的高精雷达，舌头和眼睛一配合，能把人带向一个无穷隐秘的远方，那是一个没有限度的乐土，人人都容易长成一个巨人。他到部队从炊事员开始，再到买菜的上士，一直干到后来的司务长，像一只耗子走进成熟的稻田，再掉进了谷仓中，这过程中，舌头和眼睛发挥了巨大的作用。当炊事员时，眼前的食谱五花八门，鸡鸭鱼肉应有尽有，一看到这些东西他就兴奋。别的炊事员嫌煮饭辛苦，他不觉得辛苦，特别希望早一点来煮饭，早点把鸡鸭鱼肉煮熟，煮熟了就可以先尝几块。那时，他每天都对大排和鸡腿特别着迷，等到全连开饭时，他早已经三两块大排或鸡腿下肚了。大排和鸡腿与虫子就是不能比，就像金子和泥土不能比一样，有了金子，谁还稀罕泥土。

他煮饭最积极，第二年就当上买菜上士。当上士每天口袋会有一包烟，饭后经常可以拿瓶啤酒喝。

“那人”说，以前并不知道到市场菜配齐以后，会有一包烟的秘密，当上士三天后就知道了。配菜的小张看他老实还嘲笑过他，后来，她拿过一包烟插在口袋里，他想付钱，还被她刮了一下鼻梁，笑他是小傻子。细想一下，他就明白了，这包烟早已均摊在他每天拉的那几筐菜上。从这往后，他口袋的烟就有了专供的渠道，心想，这也跟吃一两块大排没区别，也就心安了。喝啤酒就再正常不过了，那仓库就他和司务长有钥匙，那时，他看司务长想拿什么就拿什么，就想自己拿瓶啤酒喝也没什么，也就喝了，谁也不会在意一个口渴的上士拿瓶啤酒喝。“那人”说，除多吃一些“口粮”外，他从未动过其他坏心思，司务长对他很是信任。

那次连长的家属来队，司务长让他往家属区给连长家送去一袋大米、一袋面粉、一条扁鱼、一只鸡、一只鸭、几斤猪肉。往后，指导员、副连长、副指导员的家属来队时，司务长也会让他送东西去。他从来不问，但他明白当一个司务长应该怎么做。

第七天

早上出发前，指导员又一脸严肃地交代我们说，今天是最后一班岗，要善始善终站好这最后一班岗。

一到小平房，“那人”似乎也明白了什么，他早坐在那儿等我俩到来似的，一来便准备讲他的故事，竟忘记先向我们要水喝。我照惯例拿过杯子，先给他倒上一杯水，静静地坐在一旁听他讲自己的故事：

当然，这些年，我除占这些小便宜外，还是很尽职干好炊事班的活，不然，也转不了志愿兵，更当不上司务长。

“那人”说，从炊事员一路干到司务长，让他清楚炊事班的每一个细节，他知道油盐柴米鸡鸭鱼肉的每一个细节，小到一粒味精的去处，他都一清二楚，从不任意挥霍，在这方面，他是个好管家。可是，自从当上士给家属区送东西开始，他内心有了新变化，但那时他没机会，现在机会来了，他怎么看，都觉得这些东西就像自家似的，他就精打细算，把节省下来的油盐柴米鸡鸭鱼肉想方设法搬回家里去。他不能直接把油盐柴米鸡鸭鱼肉搬回家，就想尽办法油盐柴米鸡鸭鱼肉折算人民币先放进自己的口袋。最多的一次发生在过年时，连队有三万元的伙食费，他精打细算省下五千元拿回家，等于牵了头牛回家过年。虽然老婆孩子不用再吃虫子填肚子，但他想让他们也吃上鸡鸭鱼肉，想让他们吃好喝好。这个年过完，他就觉得其实你只要把账目填平，一切都看不出问题，他对自己越来越有底。后来不管是夏季降温补助费，还是过年过节的伙食补助费，他支配起来得心应手。后来，上级来了一笔专款十万元，项目是后勤保障建设。接到这笔款项，让他犹豫了一阵子，后来一想，后勤保障建设，食堂不就是后勤保障嘛，就给动了。这一动上面就查下来了，不光查这十万元专款的去处，还从他当司务长这六年间查起，越查越说不清，三个月后，他就到这小平房来了。说起这些往事，“那人”无比沮丧。

“那人”说，吃虫子和庙里拿硬币买糖吃是他一辈子的记忆，这记忆像一颗种子，在他心里长成参天大树，让他在这棵树下觉得凉快、舒适，从而忘记了头上还有三尊神仙看见自己。他从这棵树下出发，一路走到部队炊事班。从炊事员走到今天是他咎由自取。最后，他竟语重心长地告诫说：“小兄弟，做人手莫伸，一伸难回头。”

那七天，“那人”上午给我和阿光讲故事，下午再把故事重复给亚晴和周飞。

2014-08-17 于平和小溪

连长别追我

我在前边跑，没命地跑；连长在后面追，他没命地追。我必须跑得比连长快，不然我就看不到父亲的西湖。

一到杭州我就惦记看西湖。西湖一直在父亲的唱腔里，咿咿呀呀的这么多年了。父亲的《白蛇传》让我产生一个错觉，西湖只在空气中飘着，像个虚幻的海市蜃楼。父亲念唱的时候，西湖就出现了，断桥就出现了，白衣白裙的白娘子也出现了。父亲唱完了，西湖和杭州就都消失了，像空中的一团白云，像墙上的年画，一点一点虚幻、褪色、模糊。在我的认识里，西湖总是缥缈的，它总是在画里，总是那么遥不可及。

十几年后，我参军入伍，当得知我驻防的部队在杭州，我的心忽悠一颤。这是巧合吗？入伍到杭州，就是入伍到天堂，就是入伍到了父亲说唱的故事里。看来天堂也需要有支部队驻在那里保平安的。

到了杭州却天天关住我们不让出去，我被关在城外郊区。杭州尽在咫尺，天堂近在咫尺，连长加上班长就是不让我看啊！部队的围墙，把我和杭州和天堂彻底隔开了。这还不如让我离杭州远一点，远到我不惦记。现在，我和杭州太近了，近到一墙之隔。围墙的外面，杭州像一朵大牡丹在日夜开放，所有的花瓣在暖风中摇曳。杭州的香气翻过部队的围墙飘进来，先把我包住，然后从每一个毛孔进入我的血管，和红血球白血球一起，灌满我的全身。我已经不是我了，我已经是杭州西湖柳枝间一只有翅膀的昆虫了。

我参军入伍会去什么地方，我是不知道的，让我去哪儿我就得去哪儿，这个不是我说了算。可是为什么让我来到杭州？我父亲唱了大半辈子《白蛇传》，他都没有来过杭州；他扮演了多少次断桥边的许仙，他都没能在西湖边遇到过一场真正的雨，父亲从来没被杭州西湖的阵雨淋湿过。

那时，西湖总是和一场雨同时出现。雨天父亲不用出工。他关上大门，再关上里屋的房门，然后端坐在床上。这个时候，我们就都往父母的大床上爬。父亲坐在床中间，母亲坐在床头缝补衣服。我和哥哥、姐姐还有两个弟弟，各自找到了自认为最好的位置。我们围坐在父亲身边，加上母亲，父亲有了六个听众。被禁止上舞台的父亲，现在只剩下这六个听众了。有一个听众父亲也会唱的，六个已经不少了。“大跃进”一开始，父亲就离开了大众的舞台。我出生能睁开眼睛看见父亲时，他早就是劳动改造的对象了。他手里的折扇，已经被锄头取代。但是，痴迷戏剧的父亲总是能找到他的舞台，雨天我们家的大床就是父亲的新舞台。他还一点一点地养大了自己的听众。大床是老式的：有床顶、门罩，有三面挡风板，像个小屋，加上蚊帐一罩就更像个小舞台了。天井那滴滴答答的屋檐水，替父亲的剧情渲染气氛，掀开剧情的帷幕。他先清两嗓子，扬琴、二胡、洞箫依次在父亲的嘴里奏响，接下来他唱道：

“咿呀呀，春满西湖人欢笑，清明坟台独自扫。十里荷塘笙歌扬，哪有逸心赏花朝——”

在父亲咿呀呀的声韵中，母亲低着头，一针一脚地缝补一家人的旧衣衫。有时母亲也会停下手中的针线，抬头望父亲一眼。我们都坐着，双手托着下巴，西湖的水波已经在我们眼前出现了，还有那十里荷塘和断桥边的人群欢笑。父亲进一步把西湖用词句铺排开来：“风雨迷离趱步急，雨湿花伞怎相宜——”父亲的西湖有一场雨，他在那场雨中遇上了他戏中的新娘，我们在那场雨中看见了父亲的世界。

扮演许仙的父亲远在千里外的穷乡下，他从未见过西湖，更别说在西湖边和一场雨相遇，他早已是一个佝偻的老头儿，他被生活压弯了腰杆，剧情中的父亲在时代中迷路了，他退到生活的幕后，他必须一心伺候庄稼活。尽管“大跃进”过去了，“文化大革命”也过去了，不管红的、黑的，所有人都自由了，可是父亲也老了，像一只落翅的鸟，只能守着他的巢，抱着病躯在熬日子，他永远也飞不到杭州来看西湖。剧中的许仙已经死了，剧中的父亲也死了。十年来，我们再也没听过一句《白蛇传》，西湖、断桥、白娘子永远停留在他的梦幻般的剧情中。

现在，我离父亲的西湖不到5000米，我要去西湖，找到断桥，并在那里等待一场阵雨。我不带伞，我注定碰不到向我借伞的仙女；我不需要雨伞，我要把自己淋湿，把自己浇透。我感到童年时的父亲已经在我体内复活，有个声音一直在催促着我，让我一刻不得安宁——我要替父亲去淋一场西湖的雨。

从笕桥始发的305路公交车，从营区门外出发到西湖只需半个钟头，来回一个钟头，在西湖边停留一个钟头，来回两个钟头刚好能赶上下午去机场。但连长不让我出去。连长不光不让我出去，全连新兵都不让出去。他要求全连的午休都必须躺在床上，听到

哨声一齐起床，再一声哨响，大家一起上机场。部队要的就是这种统一，绝对的统一。只有这样，连长才放心。

我惦记西湖，惦记西湖边的一场雨。我上午拼命地工作、训练，就是想利用午休时间去西湖。但是连长不让，中午谁也别想跑，拼命工作也不行，这个没商量。

我感觉父亲就站在窗下，像个影子一样飘在眼前晃悠，说："去吧！替我看看西湖，还有断桥。可是连长不让去，我听谁的呢？我想到父亲就心痛，一个激情澎湃的戏骨竟永远远离戏台，他和白娘子一样，他被罩在另一座铁塔之下。西湖离父亲太远，他永远到不了西湖，更不会知道西湖边的断桥是一副啥模样。他的剧情早已中断在历史深处。父亲像一条河，他不会洄流，一步步流向晚霞无边的深处。而我，是父亲身上的另一条河流，正从父亲的旧码头起航，我可以抵达父亲未能抵达的地方，抵达童年时父亲的西湖。以前，我从来不听父亲的话，我和人打架，弄得四邻不安，父亲天天为我提心吊胆。而且，我还不爱学习，天天把书包当枕头，逃课到草铺上看小说，把他望子成龙的梦想彻底毁在老师一次次投诉之中，我离父亲的蓝图越来越远，让他彻底绝望。这时，我感到父亲埋在我血液的种子正在苏醒，父亲把西湖的愿望在20年前就种到我的身上，到杭州像命中注定似的。风烛残年的父亲等不起，我要去西湖，淋上一场雨，再拍上一张照，尽早寄回乡下给父亲看，我要先听父亲一回，然后天天都听连长的。

我等大家都睡着，就悄悄地起来了。我倍加小心，从三楼下来时就踮着脚尖，不发出一点声响。开自行车锁时轻转钥匙，轻拉锁扣，再扛车子到楼外，整个过程没有发出一点声音，就像成功地偷到了一辆自行车。我以为大功告成，可是真见鬼，我一跨上车，连长就从门口出现了。我骑上车快跑，连长就在后面穷追不舍。

我惊慌失措，但也知道不能往营门跑，没有连队的请假条，营门的警卫会逮住我，这样我和连队都会被层层通报，咱不能干连累连队的事。我管过几天菜地，那几百亩菜地连着当地百姓的菜地。菜地和丁桥镇的大路只隔一条排洪沟，其中一处有个简易的木板桥，那是居民为方便来自家菜地搭建的。这个少有人知的秘密为我留下一个通道——通往市区的安全通道。我得往菜地跑，往安全通道跑。连长就在后面追，他知道前方是菜地，我到菜地后就骑不了车，就会被他追上。追上了我，再把我拎回连队，放到床上躺好，就等于堵住了他管理上的一个漏洞，谁知道我出去之后会给他闯下什么祸？

“黄水成，你给我站住，给我站住，立马给我滚回来。现在回来算没事！”连长一边追，还一边劝降，一边恐吓。

“别追了连长，我就看看西湖，一会儿就回来，绝不耽误下午上机场。”我一边加速向前跑，一边觉得对不起连长。别人都能躺在床上，让连长放心，就我要往西湖跑。可全连谁有一个唱《白蛇传》的父亲？我和连长之间展开赛跑，但我知道连长肯定跑不过我，不要说我骑车他跑步，就是两人徒步跑，他也一定追不上我。但连长有他的胜算，他知道前方是菜地，菜地骑不了车，菜地尽头是排洪沟，那排水沟又深又宽，不是助跑两下就可以跳过去的。他认定前面的排洪沟会帮助他，出手把我这个捣蛋鬼拦住。连长跑再慢他都不着急，因为他早就在我的前面布下了埋伏。这样我跑多快都是无用的，都是快速跑进死胡同而已。

菜地里的黄瓜、苦瓜、四季豆、长豇豆都爬架了。我一边跑还一边看见这些瓜豆都开花了。连长也看见了这些，他还看见了那些竹子做的黄瓜架、豆角架，并不惜毁坏一株正在攀爬开花的长豇豆，抽出了一根竹条。我们都是徒手的，现在连长手里有了武器，这种情形对我非常不利。他要追上我肯定会给我几下子。看见竹条我的心一颤，我怕那东西。我敢走夜路，不怕鬼；我敢一个人进山，不怕野兽，可是我怕竹条，尤其竹条握在我妈手里的时候。我推车必须走大田埂，这样得多绕一个弯，我得走三角形的那两条直角边，连长拎着竹条抄三角形的底线，他和我的距离从最初的300米迅速变成了100米。我推着车，跑不快，尤其连长手里的竹条，让我的腿疼了起来。我妈抓到我总是用那凌厉的竹条打我的腿。不是我怕竹条，是我的腿怕竹条。而我妈不是在打我，是在打我的腿。她最恨我的腿了，我的腿总是四处乱跑给她惹下一个祸接着一个祸。

我妈追我也是下了死命追，她手里拿一根长长的竹条，一边追一边唬我："站住，你给我站住，小兔崽子，我打死你，一天到晚给我闯祸……"我不能让妈来打死我，我知道只有跑才能活命。我围着村庄跑，围着打谷场跑，围着房前屋后跑，围着田野跑，村庄周围都是我们的赛场。我越跑，我妈越生气。跑很久追不上我，我妈就被我激怒了。她怎么能同意输给十岁的儿子？我和我妈之间的赛跑常常就成为马拉松赛。我和我妈的比赛总是没有终点，而且比赛会在一瞬间开始，我没有一秒钟的准备时间。就因为没有终点、没有目的地，我童年的奔跑总是没有方向，慌不择路地乱跑一气。当我长大参军，那次野外拉练，连长一指前方那座红军山，我一撒腿就跑上山头。别人是爬上山，只有我是跑上去的。只要给我终点，给我方向，我的奔跑从来不累。参军前我乱跑，那是因为我找不到方向。我那么累，是因为我不知道目的地在哪里。那次是因为我摘了惠叔的梨，前一天我还摘了昌伯的梨，我妈没追上我，这样不隔天犯错彻底激怒了我妈，她抽出一根竹条就打，看见竹条我就跑，我妈就追。她才打到我一下，那气远远没有消。

从房前屋后追到打谷场，又从打谷场追到田野，再追到河边，我慌不择路，终于跑进死胡同。我妈把我追到潭边，她放慢了脚步，等着我束手就擒。我太怕那根颤巍巍的竹条了。我的腿很多次被那根颤巍巍的竹条打出血印子，有时那血也会流出来。面对深潭我不知害怕，我可以投身潭水藏起来。一个潭就是地缝，我可以钻进去。我突然纵身一跃跳入深潭中。以为深潭就能挡住我的去路吗？以为我不敢跳吗？不过这个潭是很深的，别说小孩，就是大人也不敢进去。传说潭里有个大鱼精，专吃小孩。跳之前我还真犹豫了几秒。可是那大鱼精没有我妈可怕。许久之后，我从对岸钻出水面，看见母亲僵在对岸，身影很小。正对宽阔的水面发呆，看到我后，丢下竹条掩面而去。从那次后，我妈再不敢那么不要命地追我了。她知道我敢跳潭，不怕死，就怕妈。

那时，生产队长家的甘蔗甜了，我想尝鲜，母亲会追打我；满叔家的大柑熟了，我摘来吃，母亲会追打我；昌伯家的梨黄了，我第一个去摘，母亲还追我；村头村尾所有的果子成熟都会被我第一个尝鲜，就会引来母亲在后面追我。这些东西都是别人家的，我家一件都没有，但它们长在村庄里，村庄就是我童年的乐园，我是夏娃的后代，知道树上成熟的果子好吃，乐园里一切成熟果子都好吃，我都想抢先尝鲜。母亲的鞭子拦不住，谁也拦不住，我总能第一个尝到鲜果。

连长的竹条越来越近，离那个安全通道的小木桥也越来越近，眼看连长的竹条就要够着我了，我及时地跑上安全通道。过了这独木桥就到大路了，连长站在菜地这边跺脚：“你这新兵蛋子，下午回来我整死你！”其实连长不应该这么说，如果真害怕被连长整死，就不敢回去，他岂不是摊上大事了。

我想整死就整死吧，死之前我先看看西湖再说。此刻父亲在我的头顶飞着，他说快跑快跑。我跨上车朝连长一挥手：“回去吧，我一会儿就回来。”我看见连长站在菜地边上大口喘气，心里不觉得自己是取得了一个胜利。忽然感觉连长有点像我妈。我也想听他的话，好好地躺在床上，可是，总有个声音不让我睡，我能睡着吗？

到了西湖边，天上是毒辣辣的太阳，连一块云彩都没有，整个下午都不会下雨了。我就看看太阳底下的西湖吧。可是太阳下的西湖和父亲的西湖离得太远，怎么也对不上号。

我准时赶回来，直到晚饭后连长都没整死我，却在晚上点名时，让我向全连作出深刻检查。这检查我写得非常诚恳，痛陈自己的种种不是，我最后说：“千不该，万不该，就为去柳浪闻莺逛一回，更不该为河坊街的几个小笼包，就把部队的规定抛于脑后，让连长为我操心，还耽误他午觉。”我不敢说出去西湖是为了我父亲，我永远说不清这莫名的情绪。

连长气虽消了，但他还放心不下，又把我叫去连部单独再教育。在连部，指导员也站到了教育我的位置上。

次日中午，连长有了对付我的新办法，他先不睡，在楼下来回走。他想先堵我一个钟头，一个钟头后，我上街的时间就不够了，自然就打消了我上街的念头。但这没用，我下楼，没推车，朝反方向走，朝食堂方向走，待他反应过来，我已经掉头朝菜地方向撒腿跑了。这次他没追，追也没用，我昨日就把车锁在菜地对面马路边了。待我从西湖回来后，连长很意外地没让我写检查，却和指导员二人轮番对我谈心。部队讲究治病救人，治人也讲究攻心为上。他们想从我心里找到“病根”。为何全连都能听话，都这么好管，唯独我这新兵蛋子这么不听话，他们认为这是一种病。这确实是一种病，我的心病。他们从“三大纪律八项注意”讲到我个人的光辉前程，他们认为我应该把外出的时间用来学习，然后考军校，在部队干出一个光辉前程。他们还把日夜牵挂我的乡下老父亲老母亲搬了出来，动情处，竟和我称兄道弟起来，他们给了我一条软绳子。可是我感到我是分裂的：一个我低头站在他们面前，承认自己的错误，并表示痛改前非；另一个我坐在一边，翘着二郎腿，甚至还叼着一根烟，盘算着明天怎么去西湖。我没法和他们说出我的心病。一到杭州，我的心就病了。

这种攻心的教导也让我很受触动，表示决心听他们的话，按照连长的教导，好好地听话。该上机场就上机场，该躺下睡觉就睡觉。可是第二天，就在我决心听话的第二天，天阴了，大团的乌云在头顶聚集。我等的不就是一场雨吗？现在雨就要来了，我相信这雨是为我而来的！这些乌云像一场宿命聚集到一起！我和父亲与西湖的一场时空之雨的约会原来定在这一天！

等到中午，楼下的蝉声很闹。我悄无声息下楼，不见连长，连队很安静，全连都在午休，我感到这安静的背后有杀机，直觉告诉我，在往菜地的路上每一步都是陷阱。我探头探脑走到菜地时，就看出端倪了，几个人远远地在菜地的西南角，那是我安全通道的必经之路；我再一回头，发现连长已经跟在身后，相距不过百米；再看前方拐角处，指导员和副连长也向我包抄过来：我一下陷入连长的包围圈中。连长调动了班长、排长、副连长、指导员加上他自己，从四面向我拉开一张网，他们正朝我收网。

我选择突围，我必须突出重围。我知道这是连长和我一次定胜负的较量，它超越追与被追的本身。连长人胖，我选择了连长这个突破口，其他都是重兵把守下的铜墙铁壁，那都是我的死角。我朝连长迎面冲回来，反向杀回来，我决定突破连长这道火线。我的脚底在飞，菜地里的黄瓜在飞，苦瓜在飞，四季豆在飞，长豇

豆在飞，头顶云在飞，房子在飞，四周花草也在飞。我直直朝连长飞去，连长捞我一下，没捞着，我就飞出去了，飞出了连长的包围圈。我从东场小营门多绕了一大圈飞去了杭州。等我赶到西湖断桥边，大颗的雨滴像天神的眼泪，顷刻就把我的衣服和头发还有心都淋湿了。我站在那里，被雨雾包围，这时我看见了西湖，烟雨蒙蒙中，一对对俊男靓女，共撑一把伞，相依相偎从断桥向白堤走来，走向烟柳迷蒙深处，雨中的西湖才是父亲的西湖。眼前有个白面小生撑着一把伞，一步步走上断桥，他走走停停，像在欣赏风景，又似在等待什么，泪眼朦胧中，仿佛那是父亲打着一把油纸伞……

我往连队住地返回时，心情和天一样晴了。我要写一个深刻的检查，在全连的晚会上读。从明天开始，我要好好地听话。中午的时候，不管是天晴还是下雨，我都老老实实地躺在我的床铺上，睡着还是睡不着，我都一动不动，我再也不能让连长为我又操心又累腿了。

西湖从此被我推远，推回到父亲的剧情里去。休息日，我还会和两三战友一起逛西湖。我的心情是懒散的、平静的，再不需要等待一场雨。我喜欢晴天出去，阴天会带一把伞。我再不渴望被西湖的雨淋透。一次就够了，一次就把我的心都湿透了。我反而需要太阳了，我像一床潮湿的被子，需要太阳把我晒干。我会在杭州的小吃街停留，吃一碗米线，再吃一点桂花糕。我淋完那场雨后，才知道慢慢地与杭州相处，一点一点地靠近西湖……

我在杭州 11 年，19 岁到 30 岁。那时福建平和是我的故乡；现在，我回到了福建，远处的杭州，已成为我的故乡。故乡总是在远方。只有离开了，自己生活过的地方，就慢慢成了故乡。

2014-06-21 定稿于鲁院 612

东场菜地

天一晴我就忙，过了上午八点半，我就得往东场跑。我其实跑得很快，100米我才用十三秒零五。跑慢了不行，慢了，就有可能出大事。

在杭州，5月已经是夏天了。正是我们连队飞行训练最紧的时候，有一天，连长把我叫去，说："小黄呀，你明天不要上机场啦，你去东场。咱们连队的菜地就交给你管理。"我看着连长面无表情，其实我心里不愿意。我不爱管菜地，我们家就有菜地，我要是喜欢种菜，用跑这么远来当兵？我来当兵是想当将军，管菜地就是把我从当将军的理想上往后又拉了一大段距离。这两年我已经成为连队的业务尖子，我多次代表连队参加营团岗位练兵拿第一。我对连长说："连长，我不懂菜地里的事儿，怕管不好。菜地不是有人管吗？"连长脸一沉："叫你管你就管。别跟我废话，李刚那小子能管好菜地吗？菜地是全连的菜篮子，和军事训练一样重要。这是支部研究决定的。"说完交给我一串钥匙。

西红柿娇嫩，温度低了不行，高了也不行；西葫芦没有风，花就不能授粉，就不结果……总之，那东场大棚里的菜都很难伺候。所以我不敢超过这个时限，每天上午八点半，我就飞快地往菜地跑。两个大棚里的四季豆、荷兰豆、西红柿、茄子、辣椒、西葫芦，它们都在等我。我若迟到了，它们就可能被活活闷死。我快跑是去搭救它们，我把大棚的门打开，把四周的塑料薄膜掀开，让那些蒸汽跑出来，让新鲜的空气灌进去。这是我的任务。

管菜地没有很具体的活儿，连队不要求你种什么，更不需要你打药、锄草、疏花、上架，这些活儿一般都是全连的集体劳动。连队只让我管住自家的菜篮子，不能让它们平白无故地死，更不能让它们莫名其妙地少了。

连队的菜地在东边，处在连队与东场家属区中间地段。每天我去菜地的路上都能碰上好几个熟人，她们都是营长家属、副营长家属、指导员家属、临时来队的干部家属。其中有的是我直接领导的家属，也有老乡的家属，我甚至到他们家吃过饭。我跑去菜地开门的时间，正是她们去菜市场买菜的时候，我们总会在路上相遇。见一个我就得举手打招呼“投降”一次。一路投降到菜地时，正是大棚里那些蔬菜最坚持不住的时候，大太阳在上面烤着，正等着我把它们从蒸笼中拯救出来。我每天都来得很及时，不敢丝毫大意。我把几个大棚的门打开，四周的薄膜掀好，通常还要在菜地里巡逻一圈。把落在沟上藤蔓顺手捋一下，看西红柿红了几个，西葫芦结了几个，四季豆、荷兰豆上架了没有，这些都是我的日常工作，我不爱干这些，但接受了任务我就得一丝不苟。我出了差错，全连就没有自己种的菜吃了。

菜地旁有条机动道，比菜地高出两米。那天，我正从大棚里钻出来，老远就瞅见副营长的家属骑车朝菜地来了。她骑着一辆粉红女式自行车，白晃晃的车框内有几包东西，走近了才看清车筐里有肉、有鱼、有一瓶加饭酒，但就是没有一棵青菜。她姓张，是我前任钱连长的老婆，我们早认识。

“嫂子，买菜去啦？”

“小黄你咋在这儿，小李呢？”

“小李回连队了，连长让我接他班。”

“噢！换人啦？”

钱家嫂子把车架在路边，她带着微笑和我拉呱儿一小会儿。她谈起种菜的学问，她说现在正是西红柿结果期，最好每天把薄膜掀高一些，便于风儿来授粉。她说西葫芦这东西看似野，粗大，对水和肥的饭量也大，但它笨，大棚里又少有蜂蝶，最好把不结果的雄花摘下来，让它做贡献，帮助其他花打打粉。嫂子对种菜非常专业，说得我频频点头。我刚来，最缺这些常识，我抓住机会向她请教不少种菜的事。她说四季豆长多大了？我看了一眼她车筐里那块五花肉，说还没有小指大，下周才能吃。她说小黄那你先忙，孩子自己在家呢，我先走了。

钱家嫂子刚走，指导员的家属就从机动道的西边出现了。指导员家属姓姚，离我不到100米。姚嫂子和张嫂子一样，也骑着车，走到眼前我看见车筐里也只有鱼、肉，还有几个鸡蛋。她停下车来先和我打招呼：“小黄，小李哪去啦？”

“李刚他上机场了。”

“噢！”

“这么暖和的天，韭菜长得不错吧？”

“昨天刚割过，全连都吃到了韭菜鸡蛋饺子。”

“上次小李说今年西红柿长得好。”

“还没红哪，绿得很。不能吃。要想吃鸡蛋炒柿子，还得半个月。”

我对姚嫂子撒了个谎，觉得脸红。其实大棚里有不少的红西

红柿，好在她没进大棚里。又拉呱儿一会儿种菜的事，看我站在大棚门前也不动，也扭头走了。

这几位嫂子都来菜地，让我想起我接过钥匙时，前任老兵李刚神秘地对我说，别小看管菜地，里面挺复杂，你脑袋要多根弦。

我不管这些，我只听连长的，管好菜地，管住那些菜。菜地就是我的阵地，要是碰上几个熟人，阵地就丢了，就没法和连长交差。我对自己下了决心，回到大棚里检查自己的阵地。我要清楚四季豆结多少了，荷兰豆开花了没有，西红柿红了几个，有几个西葫芦可以摘了……我得及时让炊事班的人来把这些菜摘回连队，做到颗粒归队。

“小黄——小黄——”原来是老乡龚阿姨叫我。龚阿姨也骑着自行车来了。她站在路边和我说话。

“小黄，你会种菜吗？”

龚阿姨没有恶意，她一直把我当小孩。龚阿姨是我们典型闽南乡下女人，勤快，闲不住，从小种地，又没读多少书，嫁给老乡龚叔叔后随军到部队。她和龚叔叔对老乡们极好，常叫我和老乡们去她家吃饭，过年过节更是如此。她一见我就把车停好，要从道上下来，到大棚里指导我。

“龚阿姨，别过来，”我心惊肉跳，慌忙朝龚阿姨摇双手：“里面正打药，有毒、喘不过气。”

“啥药？”

“杀灭菊。”

龚阿姨已经下了路基，听说杀灭菊，又退回路面。我对龚阿姨也撒了谎，又一阵脸红。龚阿姨人善，竟相信了。过了一会儿，龚阿姨也走了。临走前她劝我说，自家吃的菜要少打药，更不能用乐果那些剧毒药。龚阿姨走了，却让我找到最好的“盾牌”。后来，又来了几个熟人，这些部队嫂子都很和善，她们只是过来看看，并没说什么，听说菜都打药了，也就都走了。

一个礼拜后，连队的菜地见不到一个熟人的身影。我这样风平浪静地替连队管了两个多月的菜地。那阵子，赶上连长休假。指导员把我叫到跟前说：“你们分队缺人，菜地还是让李刚去。”

我在部队的菜地管理员生涯结束了。

2014-02-22 于平和小溪

指尖上的情书

每次从机场回来，大家都要进行一场揪心的比赛。这场比赛不用组织，也不用发令，战友们都自觉参赛，而且终点明确。

开始，大家还能保持队形走，但脚步走得一个比一个快，快到连队时，大家就跑，队伍也散开了。开始是慢跑，最后是冲刺，就看谁先冲到连队一楼值班室。值班室有重要的信件在等着大家。最先到达抢先抱过那一捆信件逐一过滤，看是否有“她”的来信；若没有，就拿战友们的“她”来敲杠子，起码能敲他一包瓜子或一包方便面。要是看到背面写上“勿折”二字，那定能敲一大杠子，可以让他到杭州请碗过桥米线这样的名小吃，信里肯定有“她”的靓照。至于其他书信，一般无人“打劫”，总会平安到达收信人手中。

“她”来的信很重要，在战友们心中重要得超过家书。家书写久了会疲劳，一般过了新兵连，写家书的热情就开始衰退。最心底的话一般不会先和家人说，而是先找“她”说。和家人只报个平安，再说些工作、生活和今后打算的事。就像新兵连老虎兄弟在家书上说的那样有馍吃，有小米粥喝，走一走、站一站之类的话。和“她”说的话就多了，刮风、下雨、太阳、月亮、逛街、聚会……心里想的都和“她”在信上说。这些看似无关大局，无关痛痒，对战友们却很重要，这些话不能闷在心里太久，闷久了它会发酵，甚至有毒。

从机场回来跑得最快的，大都是战士和个把年轻干部。这些人大都有女朋友，即使没女朋友，也可以抢别人女朋友的信来敲杠子，我就是其中的亲历者，经常参与打劫战友们的信件，阿光便是屡遭我和亚晴还有周飞打劫的重点。我们四人同批兵，亚晴和周飞是江苏人，我和阿光是福建人。我们四人各有特点，亚晴舞跳得最好，有文采；周飞体操练得最棒，单双杠都赶上专业水平；阿光人长得帅，球技又好，足球乒乓球都玩得转；我个子小黑瘦，会吹牛，爱出馊主意。我们四人性格互补，关系好到没有秘密，铁板一块。阿光的女朋友姓林，我们戏称林妹妹。林妹妹的来信便屡遭我们三人打劫，打劫多了，阿光和林妹妹的故事咱哥仨就都知道了。他俩是同班同学，如今一个当兵，一个还在上高二。

阿光给林妹妹写信说出来有点吓人，我看他每次落款不用笔写，而是用手指写。他总是用小刀在右小指尖打开一个小口子，很快就有一滴殷红的血冒上来，像笔尖滴下的一滴浓墨，他不擦去，用滴血的右小指在信纸右下角签下名字和日期。小指往信纸上一涂，血开始扩散，成了一条细微的泉，顺着指尖洇红了大半角纸笺。然后，阿光凝视刚写好的信，等着血迹干去，很小心地把信折起来，装进信封里，用胶水粘上，那用心的样子，仿佛连同自己一道装进了信封。

刚开始我们纳闷，阿光为何总是右小指受伤，常缠创可贴？后来无意看见了，大为震惊。问他为何？他说，话可以用笔说，名字却要用身体来写才显得真实。身体不能邮寄回去，就滴几滴血来替代，收信时闻一闻，就感觉是人回来了，情义也就重了。我说你犯傻！他就拿她的信给我看，落款也是鲜血。我问他为何总用小指，他说，十指连心不准确，真正连心的是小指。我问他不疼吗？他说只感到心跳，没感到疼！

我简直惊呆了，阿光活生生地给我上了一课。他用鲜血直面自己的情感，表达语言永远无法抵达的心灵，他敢把心灵打开，让对方闻到血的气息，用鲜血弥补文字留下的空白地带，把鲜血连同文字一同寄回恋人的身边。除了用眼睛看，还得用鼻子闻。他和林妹妹在读一封信的同时也在读对方的身体。他们的每一封信虽然只有微少的几滴血，却是他们身体基因的全部秘密。这等同于把身体全部交给了对方。每寄一封信，都向对方寄出自己的身体，都让对方重新认识自己的身体。恋人的身体他们从不用文字替代，而是几滴血。有如两匹分开的狼，相逢时，相互先闻闻对方的气息，气息能告诉对方分开过的全部经历，确认“身份”后，两匹狼互相刮蹭对方的身体，把身体任何地方都交给对方，包括最柔软的部分。

阿光的情书开始很守时，不是周四就是周五；也很有规律，一周一封。阿光曾算给我听，一封信从他手到林妹妹手上至少要走上七天：从连队值班室——师部统一盖三角戳（部队免费邮戳）——笕桥镇——杭州火车站上火车——福州火车站下车——长乐市——学校收发室——林妹妹手上。这一趟邮路走下来还不能中间卡壳，哪一站多经停一天，都直接影响他信件的准时到达。阿光的每一封情书都是对前一封的回复，形成循环的追述。后来一段时间，阿光打破这种循环，他开始加速，他觉得一周一封等得太久，干脆一天一封，甚至一天多封。这样，从杭州到他林妹妹这一千多里的邮路上，每一站都有他的情书，他的情书永远在路上。

写情书的密度加大后，阿光右小指就不够用，他不能每天打开同一个伤口，或在同一地方自伤，那样太疼，也对右小指不公。于是他在无名指、中指、食指、拇指一一打开一个伤口，让血流出来，用信寄回去。右手不够用就换左手，以至十指都被他打开过。这样，他的情书是用十指写成的，就不只连着他的心，还连着他五脏六腑，连着身体的任何神经。那时，阿光像位古筝琴手，常十指包缠。

如果不是后来发生打架的事情，我们还没发现阿光的手指何时好了，他的手指全封上了，没有任何通道。那段日子，我们都迷上二楼的台球，一有时间，阿光、亚晴、周飞和我四人总霸着连队的台球桌，一直霸到晚上九点熄灯。那天，同批兵张继忠也想打台球，他早早等在球桌旁。这位山东汉子，在我们连队个头最大，一米八多，体重有 200 斤。连队拔河比赛他总是排在最后一个，起秤砣作用。张继忠平时是挺憨的人，那天他捞不到球打，人变得很犟。但他球技臭，还常把球推到球桌外，没人想和他玩。阿光更不想和他玩，张继忠就坐在球桌上不走，谁也玩不成。结果，阿光在张继忠的屁股上恶狠狠地敲了一球杆，双方就打起来了。事后我们才知道，阿光很久没收到林妹妹的情书，他也很久没给林妹妹写情书了，他身体内的毒素无处排泄，一步步发酵，终于爆发到他难以控制的地步。那没有通道的手不听指挥，握着球杆向战友砸去。这次打架事件，阿光被连长责令写检查。

事后，亚晴、周飞和我天天围着阿光转，我们怕他的手不听指挥，会继续犯错，一步也不敢离开他。仅过三天，就套出阿光和林妹妹闹的全过程：起因是林妹妹这学期要高考，阿光不想让她分心，就先写了绝交信，还说在杭州有了新朋友。很快阿光收到林妹妹回信，一张白纸上只写下大大的“再见”二字血书。

找到病根，我们三人开始给阿光开方子。我们觉得这一切都是阿光的错，他原本是不想打扰林妹妹，结果反而把林妹妹打扰

得更深，让她陷入痛苦的泥潭。这样一来，林妹妹的全部精力都使在泥潭上，她没有其他精力用在课本上，对高考影响就更大。我们甚至替阿光再现林妹妹此时的情景。此时，她一定不在课堂上，也不在家里，肯定在宿舍躺下，不吃不喝，眼泪像串线一样地流。我们在连队后面的小树林中，把阿光教育得哇哇地哭，也算是替林妹妹出口恶气。

光出气不行，那只是认识到错而已，我们还得继续帮助阿光改正错误，逼他给林妹妹写道歉信。而且，这封信还得经我们三人共同过目才能认账。开始，阿光死活不干，还和我们三人动了手，结果反被我们三人制伏。亚晴入伍前是江阴市某国营纺织厂的团支部书记，他的鬼把戏多。亚晴说阿光你不写信也行，我们马上去给林妹妹拍电报，就说："阿光病，手术，速来！"

阿光跳起来骂我们三人："那不是要她的命吗？"

阿光就在我们苦逼下，给林妹妹写了一封掏心掏肺的回信，他俩很快就和好如初了，这些从阿光的手指就能看到。后来，我们就更留意阿光的手指了，要是他十指完好，那他和林妹妹的关系就肯定不好；反之，阿光的手指受伤了，甚至十指都受了伤，他和林妹妹的关系就好到不能再好了。我们根据阿光的手来判断他俩来往的情况。尽管后来阿光和林妹妹又多次出现危机，都因他的手指出卖了他，我们总能及时把他俩的危机摸清楚，一次次化解。

1991 年，亚晴、周飞和我三人同年考军校，只留下阿光一人坚守在连队，直到 1992 年冬天退伍那天。其间，我们无从了解阿光的手指受过多少次伤。1994 年"八一"建军节，传来阿光和林妹妹结婚的好消息。

2014-01-10 于平和小溪

班长手中的铁勺

炊事班长手中那把铁勺手腕一抖，就出事了，而且出了一件大事。连长吹了紧急集合号，空气一下紧张起来，全连被紧急集合在会议室里，大家面面相觑。

正是晚饭时间，刚才大家正排着队打饭。部队实行分餐制，饭和汤盛在大堂里，任人盛，不受限量，菜却由炊事班掌控，所有人都得端着大碗到厨窗领菜，一日三餐都是如此。

炊事班只有六七人，除司务长和买菜的上士，其他人每天都要轮流下厨做饭。那天正好轮到炊事班长郭金旦带班做饭，他掌勺，其他人负责生火和蒸饭。部队的饮食以长江为界，长江以北的以面食为主，早晚多是馒头或面条；我们的部队在长江南，长江以南以米饭为主，午晚一般都是米饭，早餐馒头。部队的早餐相对简单，就几个小菜，另有一些粥。午晚是一荤两素，加上汤就是三菜一汤。那天晚饭，郭班长掌勺负责给大家分荤菜。郭班长来自晋西北农村，人高，一头卷发，深目，鹰钩鼻，长脸。我曾怀疑他的血统，说不定就是一个色目人的血统，难保他不是匈奴人的后裔。他看人时眼光涣散，永远无法知道他的焦点在哪里。但他眼散心不散，打菜时尤其如此，他手中的铁勺永远听他指挥，

该打多少，不用看，他都心中有数。

无论是炮弹还是炸弹，它们都靠引信引爆。引信里的装药远比梯恩梯那些炸药敏感，一碰就着。年勇是连队最有名的憨小子，爱理棱角头，他的头发总是光光的，两鬓推得尤其光亮，性子急，脾气暴，大家管他叫引信。

那天，年勇和大家一块儿排队打菜。当晚是土豆烧牛肉一个荤菜，另有豆芽和苋菜两个素菜。郭班长把这出锅的三大盆菜刚摆在窗台上，开始和张旭东、陈国平两个炊事员给大家分菜。每递进一个小盆来，他们各打上一勺菜，这看似简单的一个重复动作，其实大有学问。一个食堂上百人就餐，谁的盆里菜多菜少，分的是鱼头还是鱼尾，大排是大块还是小块，肥肉多还是瘦肉多，全凭这三个人手中的那把铁勺。碰上老乡或是玩得好的，他们勺里的菜就盛得满，盛得实；要是碰上关系一般，甚至和自己不好的人，那盆里的菜不但少，而且烂。同样是土豆红烧肉，别人盆里土豆少，红烧肉多，你的盆里尽是些土豆，顶多还有几块肥肉。有时明明看他从盆里捞起一大勺子鸡块，待你盆伸上前去接时，他手腕微微一抖，又有几大块鸡肉掉回大盆里。有时他铁勺往盆里一捞，一大勺荤菜里有半勺汤。等到老乡或关系好的人上前，他的铁勺长了眼睛似的，一勺起来，实实的，全是精华。大家端在一张桌上吃饭，一眼看去，就领教了这些炊事员手中铁勺的功夫。全连每一个人的口粮，尽在这些炊事员手中一把铁勺里。

那天，年勇把盆伸进去分菜，郭班长给他打的一勺土豆烧牛肉，尽是土豆，不见牛肉。年勇很生气，他让郭班长再打几块牛肉补偿他。郭班长不干，他说一个人只能要一勺，没有一人要两勺的道理，是土豆还是牛肉是每个人的运气，不是他故意的。年勇这个引信一下被郭班长引爆，当时就炸开了，他把小盆往大盆里一扣，踹门进到厨房去找郭班长要牛肉去。年勇想用拳头要回牛肉，他的拳头还没挥出去，郭班长的铁勺已经到他脑门上。牛肉没要着，年勇脑门却瞬间开花，血流如柱，被众人抬去卫生院。连长看到情况，马上吹响紧急集合哨，我们被连长紧急集合到会议室里。

连长批评郭班长的铁勺用错地方，本该往盆里给大家分牛肉，却在自家战友头上开瓢，连长感到心痛。他说人家父母把孩子送到部队来，就为吃几块肉，你把人家的脑瓜开瓢了——郭班长你说这对不对？连长情绪很激动，激动得眼泪都流下来了，激动得质问也失去了方向。我觉得问题关键不在于为几块肉吃，而在于郭班长手中的那把铁勺，在于炊事员每个人的手，在于他们的眼睛，在于我们没长成统一的面孔。铁勺不是秤，是秤也称不出汤多还是肉多，是土豆多还是牛肉多，更称不出肥瘦。

那时我还是个新兵，经常领教这把铁勺的厉害。看着这把铁勺在盆里搅来搅去，让我想起童年，郭班长手中这把铁勺多像童年生产队长手中那把铝瓢啊。

童年时，每年夏收双抢季节，每天中午生产队都蒸大锅饭。按劳力分配，一个劳力一瓢饭。那时全家六口人，父母算全劳力，姐姐算半劳力，我们家每天中午都能分两瓢半的饭。父母和姐姐都在田里劳作，哥哥常年身体不好，弟弟还小，每天由我端着大锅到生产队长家分饭。那时全村十户人家有四户是在外工作的干部家庭，父亲四兄弟是外来农民。这些干部家的女人和成年子女也都下地干活，在生产队，只要是成年劳力都要下地。这样每到中午时，全村每户人家都有一个小孩都端着一口大铝锅，往生产队长家去分饭。不用吹哨，不用集合，只要看生产队长家屋顶的炊烟没了，太阳快把人照没影了，就到分饭时间。全村的小孩都去，没端锅的也去，大家围着生产队长家那口大铁锅，看他把大锅盖一掀，一大团雾气腾腾升起，一大锅实实的白米饭冒着热气。这时，生产队长用一把大饭铲先把米饭翻身，拍松。再拿过一个大铝瓢，一铲一铲地往瓢里盛满，再用大铲拨平，算一个劳力的口粮。

我看着生产队长给大家分饭，给全村人分口粮。这些干部家庭的孩子把锅递上去时，他几铲子把一瓢饭盛满，拍一下，再拨平，扣到这家锅里。轮到我时，他总是先把锅里的饭铲松，挑几铲到瓢里，一拨平，倒进我的锅里。队长分给我家的饭少拍了一下，我感到我家那口锅里的米饭总是那么蓬松，那么轻。米饭分完了，锅底还剩有锅巴。锅巴不按劳力分，一般会赏给我们这些围在灶台边的孩子，这也是我们爱围观生产队长分饭的原因之一。

锅巴可香啦，一面黄，一面白，嚼起来格外脆。这些分来的米饭是一家人的口粮，我端回家去不敢乱动，要等大人回家时我们才可以一块儿吃。这些锅巴就不同了，每次都被没下地干活的小孩先吃了，锅巴是我兄弟三人童年最好的零食。生产队长很会铲锅巴，他能把一整个锅巴拿出锅来，像一顶金黄的斗笠。他拿这顶斗笠在我们面前炫耀了一下，转眼间他又把它拆成一片片。他会很有秩序地把撕开的锅巴先往这些干部家庭的每个锅里放一大片，每一片足有一个盘子大小。当然，也不忘往自家锅里也放上一大片。剩下不多的一片，又会被他撕成更碎的小片，每小片不会超过一个碗的大小，分到我们几个孩子的锅里。

铁勺和铝瓢都没长眼睛，是郭班长和生产队长的手先长了眼睛，再让手里的勺和瓢也长上了眼睛。长了眼睛的手，才称得上巧手。用这样的巧手干什么都错不了。用这巧手拿勺和瓢，心想什么，勺和瓢都知道。

2014-05-06 于鲁院 612

贵人

前阵子去看五叔，五叔说若没生产队长这个贵人，他可就真的走了。五叔住在乡下，那小山村如今只有几个留守老人。原本不爱串门的五叔，那晚竟到队长家串门拉呱儿。突然，五叔感到身体非常不舒服，一阵阵眩晕。生产队长一看就明白，可能是五叔的脑血栓发作了，他及时联系人，把五叔送去抢救，五叔最终捡回一条命。若不是那天五叔恰巧在队长家，若一个人倒在家中睡觉，家人又都不在家，待天亮时，一切都晚了。五叔说，一个人眼看要撞上危险的红灯时，能及时拉你一下，让你躲过一次险情，这人就是你生命中的贵人。

从五叔家回来时，让我想起部队那次历险。那天正喝得起劲儿时，亚晴一把夺过酒瓶，不让我再喝了。他说我喝高了，不能再喝。这可把我惹恼了，一把把酒瓶夺回来，他不让，我俩就这样为一瓶酒僵持不下。这时，周飞和阿光过来劝解，他俩先把酒瓶拿下。

当兵三年，我们四人总是一块儿抱团成长，平日里总是形影不离，总凑在一起打球、下棋、上街和锻炼身体，我们四人是连队公认的铁杆哥们儿。这次春节，亚晴和周飞离家近，他们的家离部队不过是半天车程，他俩被准许回家过年。我和阿光的家在千里之外，只好留在部队值班。

年初四，亚晴和周飞便赶回部队，他俩各自从家带回好吃的来安慰我和阿光，亚晴带回了两瓶洋河特曲和一些果脯，周飞带回了一些熟醋排、熟鸭肉还有鱼干。刚见面，他俩就急着要为我和阿光补过一个年。一切都是现成的，我们四人躲在寝室里补过一个小年。正是春寒料峭时节，正是杭州最阴冷的季节，喝酒正好可以御寒，亚晴的一瓶洋河特曲没过多久就见底了。阿光和周飞没喝白酒，这一瓶酒被我的亚晴平分了。正准备开第二瓶洋河特曲，亚晴便来夺酒瓶子了，我能不生气吗。

“水成，我记得你平时是极少沾酒，今天你太反常，所以不让你喝，这瓶还是留到明天喝。”亚晴表明态度，他不是小气鬼。

“你咋知道我能不能喝？我看你还是心疼你的酒。”我偏不给亚晴面子。亚晴入伍前是某国营厂的团支书，他为人成熟，又有点子，是我们四人的核心。平日大家都听他的，今天我偏不听他的，谁让他偏在这时候拿出酒来。

周飞和阿光赶紧过来打圆场，他俩的意见是只让我再喝一小杯。我当时脑门发热，我觉得他们真没劲，大过年都不让人尽兴，我准备自己找地方喝，说着我要起身离去。他们都知道我带着情绪，这半年多来我一直带着情绪，自从去年夏天干部科第二次来电话，说上次我上军校之事通知错了，之后，我就一直带着情绪。这事他们知道，从那时起，我经常情绪失控，凡事他们都让着我。当兵三年，他们三位都休过假，只有我没休过假。春节原本我可以休假，却躲在部队值班。留下值班不是我的本意，只是我不愿见父老乡亲，我内心的情绪大着呢。见他二位回来，正好可以浇浇胸中块垒，让自己透透气。可是，他们一致对我较真儿，让我不舒服。

他们同时拽住我，不让我离开。最后让我写数，只要从0～100没差错，就准许我放开再喝。结果，我写到77时出了小差错。他们只好折中，只许我再喝一杯，也就三两酒。喝完我们各自散去，我和亚晴各自回屋看书，周飞和阿光到二楼打乒乓球。当时我感觉自己没醉，还斜躺在床头看金庸的《神雕侠侣》，眼前闪过小龙女一袭轻纱长裙，宛若仙女一般，衣袂飘飘地穿梭在绝情谷中采花，成群的蜜蜂跟在她的身后；随后，我好像看见她的师姐李莫愁也来到绝情谷，她向小师妹索取师门秘籍——《玉女心经》，结果二人打起来了。一对同门师姐妹，两个仙女般的人物，就这般斗起来，江湖中处处刀光剑影。她们越斗越凶，离我越来越远，竟什么也看不见了，我的眼前一片模糊。

我是怎么睡着的自己竟一点也不清楚。待我醒来时，我已经躺在对面那张空床上，身上只盖着一条薄褥子，原来我是被冻醒的。头昏沉沉的，感觉喉咙冒火，只是浑身乏力不想起来。屋内无人，一看窗外，已是满天星光了。看来我是从午后一直睡到黑夜。

这时，寝室的老余正好回来，他开灯见我醒来，赶紧先开窗户，然后埋怨说："小伙子，不能喝就别逞能，要不是小孙过来掀开你的被子，你小子就拜拜啦。"在老余的埋怨中，我才渐渐清醒过来，才明白原来自己是烂醉如泥。当时我竟是蒙头睡，被子把自己盖得结结实实，自己却一点也不清楚。快开饭时，同批兵孙方友进来，看我还蒙在被窝睡，他想把我叫起来，就顺手掀开我的被子。他这一掀，见我憋得满脸紫红，很快豆大的汗珠从额头冒出。紧接着，我口吐喷泉，不断地喷，越喷越多，把中午吃的

那点东西全喷了出来，直到最后，差点把胆汁吐出来。老余继续告诫我："你厉害，喷得比花园喷泉还壮观，你说这满屋酒气，叫人咋睡？"

老余这人刀子嘴豆腐心，他边说边给我倒了一杯水。我坐起来一看，真是的，我床上被褥卷成一堆，不用看，那一堆全是污秽。老余他们刚清理过了，地上还留下斑斑污渍，我一脸羞愧地听老余唠叨着。回想下午这场昏睡，真是可怕，在平时，人在被窝里缺氧时，一定会自己钻出被面，连孩子睡觉时感觉热了都会踹被子，而当时自己竟是死死地闷在被窝里睡。当时一定是酒精中毒了，以至于无力掀开被子，人在中毒状态下，一床被子就像一座山。当时闷在被窝里昏睡，竟一点知觉都没有，已经严重缺氧，如果不是孙方友的到来，如果不是他那看似无心的一掀，我真有可能在被窝里窒息，最后拜拜了。

后来我才知道，孙方友看我喷得一塌糊涂，床上、地上到处都是，最危险的是，这些污秽还覆盖到我脸上，是他帮我一一擦去，不然，一样会堵塞我的呼吸通道。把我擦净后，他把我从这张床抱到那张床上，先后帮我换了三张床，连回家休假的老陆那张床也被我污染了，寝室里除了老余那张床，其余都被我糟蹋了。所以，才会只剩下一条褥子盖在我身上。

那个下午，我经历了九死一生的过程，在万分紧急的危险路口，自己浑然不知，连一点知觉都没有。所幸同批兵孙方友及时出现，他就是五叔所说的——是我生命的贵人。生产队长是五叔的贵人，他俩是我们叔侄俩的救命恩人，才会在那关键时刻把我俩从生死边缘给拉回来。否则，后果不堪设想。

回想起来，我和孙方友的关系也很一般，就像不咸不淡的邻居，像生产队长和五叔之间。但在那生死攸关时刻，他无意之中却救了我一命。这件事，让我学会了善待每一个人，或许在某个关键时刻，那个关系一般的人恰是你的贵人。贵人就在你身边，但你永远不知道哪一个是你的贵人。

从生死边缘走了一遭回来让我顿悟。原来，我半年来的情绪是失败的延续，是我自己在扩大失败的伤口，竟差点让这情绪送了命。从那往后，我极力控制调整自己的情绪，不再莫名其妙滋生情绪。人跌倒不可怕，人总有跌倒的时候，就看你有没有力量站起来。我想通了这些。从那以后我滴酒不沾，重新复习，半年后，我如愿考上军校。

2014-08-14 于平和小溪

陈发奇杀猪

那年机场修跑道，我和陈发奇留守连队。我是留下复习考军校，他是连队的猪倌，十几头猪需要他留下来，我俩共住一个寝室。几个月的相处，让我对他有更深的了解。

陈发奇来自河南农村，人胖，一脸络腮胡，见谁都笑成一尊佛似的，给人很可靠的印象。陈发奇天生与书无缘，或说与带文字的书刊无缘。他说一见到书本头就大，小学一年级他复读三年，二年级又复读三年，三年级他只读了三天，被老师留下来背书，却怎么也记不住，他一气之下，干脆就回家种地。这六年零三天的求学生涯，让他记住的字不超过 100 个。要是看春联或横幅这样的大字他还行，即使看不懂，但他知道那还是个字。若把这些字缩小成行，排列在书本上，他觉得那些字就不是字了，而是一个个跳动的符咒，晃得人眼花。他说自己读书不行，干农活却在行，打场、扬麦、收割、播种，样样不落后；打猪食、放牛、放羊都行。只要不让他和书打交道，和文字打交道，其他干什么都行。我知道他所言非虚。我们同住一个寝室，我要复习考军校，常挑灯夜战，灯光晃眼让他睡不着。他就拿过一张报纸，或一本杂志翻开，看上三五秒，便酣然入梦。这些文字成了他入睡的最好催眠药。每次家人来信，他那脑海中有限的几十个字总不够用，他干脆让我代笔，自己在一旁口授回信。除了自己名字，他几乎写不出几个字。

飞机是现代高科技的结晶，一架飞机身价少说几千万元，甚至超过几个亿。这些先进战机几近金价，甚至超过金价。这些重金武器得靠我们去保养，我们每个人都成了飞机保姆。和家政市场保姆不同的是，她们只需要学习一些简单技能，而我们每个人都要学习几本厚厚的专业知识，还要背下几本厚厚的机务条令，按章规范操作。这些专业书和机务条令上，不光有密密麻麻的文字，还有成千上万个数字和一些特指符号。部队要求每人要考试，机务条例每一条、每一个数据都要背下来，并用这些数据检查飞机，让每一个零件、每一台设备都与条例上的数字相符。就像一个人去体检，所有指标都合格，才能证明一个人的健康。把这些书背熟了，才有资格成为一名合格的飞机保姆，甚至是优秀的保姆。但这些书，对陈发奇都是天书。他一句都看不懂，一句也记不住，一看到它，他就头晕目眩，更别指望他记住。记不下这些专业知识，就不能成为一名合格的飞机保姆。陈发奇曾为此苦恼，一苦恼起来，他就拿起扫把，把楼上楼下的走廊和楼梯，楼前楼后的马路扫得干净彻底；把全连三个公共卫生间清除得没一点异味；把连队十多亩责任片区内的草坪割得像刚理过的小平头。陈发奇一人干完了我们全连除机场外的所有杂活儿。

陈发奇没有因记不住条例而受批评，相反，连长还表扬了陈发奇的勤快。表扬他不嫌脏，不嫌累，积极主动打扫卫生，为全连割草，为所有人服务。那时每个连队都养十几头猪，养猪原本归炊事班负责。炊事班人都嫌脏嫌累，养不好猪，其他人更不肯去养猪。连长发现陈发奇不怕脏，不怕累，就让陈发奇养猪。陈发奇欣然愿往，成为连队的猪倌。

陈发奇当猪倌对这十几头猪来说，是它们的福气。陈发奇一上任，就解决了这十几头猪的温饱问题。以前炊事班养猪，这十几头猪总是有了上顿没下顿，经常是上顿没管够，下顿又没接上，只好集体挨饿。炊事班人懒，除了把连队那些剩菜泔水拉给猪吃，就再也不肯管这几十头猪的死活。我们去菜地路过连队猪圈时，常见那十几头猪一齐扒在圈门边，把头支在矮墙上，一起哀鸣：呜呼——呜呼——饿——

当一头猪，连起码的肚皮问题都没解决，那起码是没有猪道的。吃和睡是猪的两大基本生存前提。吃的问题没解决，又被人圈起来，等于被强迫绝食一般，这是没道义的。陈发奇一来，连队的猪迎来好时光。陈发奇不光拉剩菜饭和泔水给它们吃，还经常上街拉豆腐渣和饲料，还捡街上饭店的泔水。一日三餐，连队的猪吃得比人还准时，任它们敞开肚皮，也吃不完陈发奇分给它们的饭菜。猪的温饱解决了，陈发奇还得解决它们睡的问题。

陈发奇勤快，又不怕脏不怕累，他每天清理猪圈，把猪屎猪尿给清理得很彻底。原来，炊事班十天半个月都不见他们打扫一次。不常打扫猪圈，这些猪屎猪尿拉得满地都是，猪屎堆得老高，整个猪圈像一个大粪坑，恶臭扑鼻。恶臭正是蚊蝇的温床，这些蚊蝇一群一群地扑向连队的每一头猪，别说它们有多遭罪了。陈发奇一来，不光天天打扫猪圈，他还给每一头猪洗澡，每天都洗。他拉上一条长水管，接上自来水，挨圈给每一头猪洗澡。原本这些猪都粘满一身屎，乌黑发臭，脏兮兮的，白猪变成黑猪。经陈发奇一洗，黑猪又变成白猪，白里透着晶亮。光吃饱只是解决猪生理问题，现在猪圈洗干净，身上也洗干净了，蚊蝇少了，猪的觉睡得也香了，猪的精神问题也得到解决了。作为一头猪，一头菜猪的需求也就基本解决了。这些菜猪从小就被阉割，它们没有更高的生理需求，可能也不会思考上街逛公园的事，陈发奇解决了它们眼前最迫切的两大难题，这十几头猪幸福又快乐地成长。眼看它们都长壮长肥了，十几头猪都可以出栏了，陈发奇及时地向连长汇报。连长决定先杀一头猪改善伙食，其余卖给生猪市场。

请人杀猪要花钱，连长有些犹豫。而连队又没有谁杀过猪。陈发奇对连长说，杀猪不麻烦，不就放血、褪毛、洗净下水嘛，他就会。连长就把杀猪的事交给陈发奇，还叫上两个炊事员和我一道去帮忙。

那天，陈发奇走近猪圈，这些猪无一例外地从里圈出来，朝着他，猪头上下一拱一拱的，像在说谢谢你呀，今天又带来什么好吃的了？我们听不懂猪的语言，只知道它们都和陈发奇说话。它们绝不知道，天天给它们带来美食的人，今天给它们带来一把刀子，一把能杀死它们的刀子。每个圈里养着四头猪，我们连队共有四个圈养着16头猪。陈发奇领着我们走到第三圈，他指着右臀有一黑圈的那头猪说，就它了。陈发奇说，这头猪平时霸道，常霸着槽吃独食，它吃得最多，长得最壮，它该第一个挨刀。

我们走进猪圈，把这头猪与另三头猪隔开。陈发奇打开圈门，把它从生长的空间赶出来，一直赶到终结的屠宰场。它的屠宰场就在圈外，是一片水泥浇铸的场地，坚硬，冰凉。它被我们四人一把按倒，它的生命已被牢牢抓住，从站着到躺在地上，一头猪的生命突然就矮了下去。这头猪惊恐大叫，竭力挣扎，一种不祥充斥它的每一个细胞。我看到这头猪眼神里的无助，是一种生命对另一种生命的恐惧与不解。这头猪永远来不及思考，天天洗它喂它的人，会叫来几个陌生人，一起把它按在水泥场上，把它生命定格在长大的一瞬间。

我不敢看它惊恐的眼睛，但我把它的前腿按得更紧。这时，我才发现陈发奇掀开一张油布，从桶里拿出一把刀来。这是一柄齐头方刀，炊事班切菜的刀。让我吃了一惊，用这样的刀如何杀猪？小时候看屠夫杀猪，都是用尖刀，顺着猪颈部第二个褶皱处，捅入它的心脏，一头猪很快就死去。如今陈发奇用一柄齐头菜刀，如何捅进猪的心脏里？我充满疑虑地看着那把刀。

陈发奇把袖子撸得高高的，手背上、指关节上那些粗壮的毛在抖擞，他那粗壮的手臂露出青筋，他的手，蓄满原始与野蛮的力。他一把揪住一只猪耳朵，用一根绳把猪嘴巴拴紧，使劲朝后拉，并用一只脚踩绳结，像小时候锯一截木头那样，踩得牢牢的。然后，他拿起那把菜刀，朝这头猪的脖子横切下去，和平时切肉一样，向下一切再横拉回来，他来回不断地切这头猪的脖子。先开始露出雪白的肉，随即洇红。猪开始不断地挣扎，嘴里发出歇斯底里的尖叫，随着陈发奇的每一刀作垂死挣扎，随后血大量涌出，它开始痉挛，全身剧烈抽搐。陈发奇不为所动，抡着菜刀不断切下去。在刀口上不断来回拉，加深切面。他切开它厚厚的脂肪层，再切开猪的喉管，猪的尖叫终于慢慢沙哑，一点点低下去，鲜血喷满一地，只有它的身子还在不断地抖动，像一只掉入冰窖就要冻死的猫，无法让它停止抖动。陈发奇没有停止手中的刀，他继续让刀前进，直到把整个猪头抡下来，直到血流尽，这头猪才彻底死去，一头猪，一头亲手养大的猪，被他亲自斩首。

陈发奇看着面面相觑的三个同伴，他拎起猪头，不好意思地朝我们笑了一下，他完成了杀猪的任务，他是出色的刽子手，他可以心平气和地完成生命的宰杀，包括任何牲口。他不需要选择杀具，只要能杀死它，什么刀对他都一样，他不在乎这过程。不管漫长还是短暂，在他心里都是一样的结局，他触摸不到生命的尊严，死亡的尊严。他要面对的仅仅是手里握着的是不是一把刀。

我拒绝当晚会餐。那头猪的肉，我一块也吃不下去。

2014-05-10 于鲁院 612

追星

知道一会儿大明星胡慧中要来，大家显得异常兴奋。以前一直是在电视上或在录像片里才能看到胡慧中，谁能猜到她竟会活生生来到跟前，整个连队都沸腾了。

那是我当兵第二年的事，那时正兴看录像，胡慧中和林青霞这样的港台明星是多少人心中的偶像，我们看了不少她们主演的大片，她们身手敏捷，一身功夫。

胡慧中是来拍一部叫《中华警花》的电影，影片中她主演的女特警不但会开车，还会开战斗机。她在电影中开着战斗机去围剿毒枭。她在电影中开的那架战斗机就是我们机组维护的那架飞机，我们维护的飞机最干净，看起来最新，最适合当道具。胡慧中一会儿就要来，我们得进场保障，跟真的飞行日一样保障这架飞机的出勤。

在平时，哪架飞机出勤只有那架机组人员在场，那天又恰逢周末，听说胡慧中要来，除上街的不知情外，连队在家人员几乎都去了，争相一睹明星的真容。大家早早候在停机坪。北京亚运会刚结束，大家一边吃着剧组提供的北京亚运会饼干，一边看剧组人员在架设摇臂、导轨、摄像机等设备，道具组、灯火组、化装组的人员都早早候在那里。他们带来的那些设备就装了十几个大箱子，我才明白，为何电影总像真的一样，它是机器做出来的，在很大程度上应归功于机器的功劳。

机场拍摄现场一切架设就绪后，一辆大巴缓缓向我们驶来，大家情绪又开始激动起来。果真，胡慧中在众人的促拥下，戴着一副大蛤蟆墨镜，一头蓬松的大包头，一身特警装束走下车来。化妆师赶紧过来，帮她穿上飞行服，戴上飞行员头盔。机械员小李和机械师一左一右帮她扶梯子，中队长在座舱旁告诉她哪些可以碰，那些红色的危险部位不能碰。然后，待她在座舱内坐好后，有模有样地帮她穿戴好氧气面具，缓缓地盖上座舱盖，就感觉她真的像在开飞机了。然后，她又缓缓把座舱盖升起，摄制组拍好这几个动作后，让我们把飞机拉到着陆线，让胡慧中从座舱内走下来，我们的保障就结束了。胡慧中走下飞机后，直接走向停机坪旁的牵引道上那辆吉普车，走到副驾驶位置上车，车子在牵引道上来回开了两百米，她当天的拍摄任务结束了。

一切都进行得很顺利，看得出来胡慧中非常高兴。她走过来和我们大家合影，还为大家签名留念。这时我看见机械师赵德兴、机械员小李、特设员小林纷纷拿出本子来，大家一块儿涌向胡慧中让她签名。好多人没带本子来，直懊悔，但他们各自想出奇招，掀起衣服下摆让她签名。无线电师张道玉干脆掀起外衣，露出后背，让胡把名字签在背心上。胡慧中很有耐心地为大家签名，毕竟是在军用机场，现场不会太热闹，她龙飞凤舞地签下一个个很难辨认的名字，大家看到这散发着艺术味的名字，一个个像喝醉了酒一样，不由得摇晃起来。

我坐在一旁，安静地看着战友们各自忙碌着，突然明白什么叫追星。一年后，我在军校时看到这部电影，看着我们的飞机从天而降，稳稳地停在着陆线上，从座舱内走下来一个很酷的“冷美人”，让我一下对电影失去了兴趣，以至于不再为某个在影片中死去的人而悲伤。一切都是道具，一切都是造出来的，电影在我心中不再具有真实的好与坏。电影其实没有好人与坏人，也没有死人与活人，只有演员。他们只忠实于剧本，绝非真实的发生。

胡慧中走了，当天拍摄结束就走了，连队许多人却感觉她没走，大家经常在照片中找到她，在签名本上找到她，甚至在张道玉的背心上找到她。那阵子，她主演的片子更是主宰着我们电视机房。只要是休息日大家都看她演的片子，她留在我们茶余饭后的每一空间里。

后来的某天下午，我们正在机场做飞行后大检查，突然不远处一中队停机坪一阵骚动，一中队的人纷纷扑向一架刚停在民航候机楼前港龙航空班机前。看到这情形，我们三中队，还有更远处的二中队也飞速向这架航班跑去。快到这架航班时，我终于打听清楚，这架航班上有刘德华，还有林子祥、叶倩文夫妇，三个大牌香港歌星同机抵达，不知那帮人为何消息这般灵通，他们早早守候在机场。那时机场是军民两用国际机场，候机楼旁还有便道。这些追星族疯狂地扑向航班，加上机场我们几个中队的几百人，大家潮水般扑上前去，追着三位歌星签名留念。这可忙坏了机场的保安，他们几十人把三位歌星团团围住，仍难挡住这股汹涌的人潮。

我跑到半路听说是追星的事，突然有上当受骗的感觉，停下脚步就往回走。我何苦为好吃的鸡蛋去追那只下蛋的母鸡呢？何况那些商业炒作出来的明星能代表什么？我看不出那些龙飞凤舞又看不懂的一个名字能代表什么。当然，我只是我，更多的人还是愿意去追星，去赶人潮。或许，连他们自己也不明白这是为了什么，就像森林里的鹿群，只要有一只带头跑起来，整个鹿群都随之奔跑。鹿群是为躲避威胁，而我们为啥要追星就说不清楚了。我并不认为明星有啥光芒可以照耀一个群体，我反而觉得明星的光辉来自每一丝微弱的光对他们的反照，才使之明亮起来。我不愿当一个反光镜，我成不了一个追星族。

多年后，我成了一名记者。那次家乡搞一次大型演唱会，来了费翔、蒋大为等许多大牌明星。演唱会现场异常火爆，作为记者的我负责探星——采访这些大牌明星。那天，我突破层层关卡，在一个新小区物业的小办公室里见到这些明星们。中国力量组合三位小伙子正从舞台下来，他们饥肠辘辘正在大口吞食蜜柚；陈明真、许秋怡两位港台歌星和我拉起家常；超女纪敏佳谈起平和印象，蒋大为也谈起从艺生涯的往事，这一刻我觉得他们是离我如此之近，又如此亲切，只有跳出他们的光环，我才觉得这些明星显得那么真实可爱。

后来电影《突发事件》来平和拍摄，我临时被抽调帮忙摄制组带路探景，那时我和影片中的男女主角巫刚和范志博有过一段时日接触，除了在戏中，他们和我们无异，成天说一些吃喝拉撒睡和油盐柴米的人间烟火事。那年正月，单位突然要我去采访一个客人，我在一个克拉克瓷展厅的人堆里突然认出了CCTV4《国宝档案》栏目的主持人任志宏老师。他的声音很有磁性，他播出的节目我们全家都爱看。当时他正拿着一个青花大盘在欣赏着，我轻声叫道：“任老师，怎么是你？”“唉。”他轻声应道。在我左一声右一声的“任老师”声中，大家才知道眼前是位修养极为深厚的大牌艺术家。真正的艺术家，或许他就扎在最平淡的人堆里，压根没有那些明星的喧哗。

2014-09-11 于平和小溪

扎我

“水成，如果我瞌睡了，你就用这个扎我。”同桌邵群昌说着交给我一把圆规。他还交代说，就往他大腿上扎，狠狠地扎，千万别手软，这不是他第一次交代我，几乎每天上课前他都这样交代我。

邵群昌是我的军校同学。刚入校时，我经常看到一位同学起得特别早，轻手轻脚地把走廊里的痰盂一一换上清水，待大家起来时，他连走廊加大厅都打扫干净了。然后，又是他第一个穿戴整齐出现在早操队伍中。这样的同志我在新兵连见过，新兵连下到老连队时也见过，如今在军校又见到了。在部队，每到一个新地方，都有这样几个勤奋起早之人率先走进大家的视野。我并不惊讶，对这样的同志，我素来抱有敬意，但印象不深刻，几次看到他在忙碌着，却从未打过照面，更不知他叫啥。直到周末队里开会，教导员点名表扬他，我才知道这位起早的同学叫邵群昌。

从此，邵群昌这名字经常在队里响起，当然，是以被表扬的形式活生生地灌进我们的耳朵里。受表扬的邵群昌越发起得早，不但痰盂、走廊和大厅被他“包了”，连厕所也被他“包了”，他因此更加频繁被表扬。

看到邵群昌被表扬，后来有几位同学受到感染，也跟着端痰盂，扫大厅，拖走廊，可是他们坚持不了几天，最终又剩下邵群昌一个人在忙碌着，因此他们都没坚持到获得表扬时，只有邵群昌一人坚持下来，他的品质更加受到肯定。从那时起，我理解了坚持就是品质。你能像邵群昌那样坚持就成了邵群昌，你能坚持一辈子就成了雷锋。凡事都是坚持的结果。

开学不到一个月，邵群昌就被任命为我们寝室里的班长；又过了一个月，他又被队里任命为我们的区队长；半年后，邵群昌当了我们学员队的模拟指导员。尽管班长、区队长、模拟指导员都是学员队任命的，只是模拟，并非实际职务，但他却有权管我们一大帮人，我们一个班、一个区队、一个学员队都要听他指挥。他也不用指挥多大的事，也就招呼大家排队、走路、打扫卫生，包括一些简单的训练。他成了我们的学员代表。

邵群昌的助人品质没人怀疑，但邵群昌的动作要领却不比别人强，甚至说他没有这方面的天赋。全队一百多人第一次走正步时，结果就他一人顺拐了。换成别人是要挨罚的，轻的做20个俯卧撑，重的要到操场单独练，练好才能入列，甚至还要单独“补课”。看是邵群昌顺拐，队长并没有批评他，只是帮他纠正一下。队长原谅了邵群昌，邵群昌却不肯原谅自己，邵群昌是个肯对自己“发狠”的人，他一人跑到太阳底下，一遍又一遍地练，一直练，大家收摊，他还坚持在练。吃过午饭，大家午休了，他又一人跑到太阳底下练，提胯、踢腿、落地、迈步、摆臂、折臂，每一个动作他都练得动静很大。我们在宿舍午休都能感觉到窗外操场的震动，衣服下摆被他擦得窸窣作响。结果他不但纠正了顺拐，还纠正了队长对他的印象，当晚就表扬他刻苦。

邵群昌不但训练刻苦，学习也很刻苦。他是全班的学习楷模，他每门功课都是优秀，是全优生。无论是课堂表现，还是卷面答题，邵群昌从无差错。但邵群昌要操心的事太多，每天要提前一个多小时起早，全队那么多的痰盂，还有走廊、大厅、厕所他都要管，又当了领导，还要管学员队的事，他担心自己上课时精力不集中，甚至打瞌睡，这是他最不能原谅自己的事。所以邵群昌就交代我这个同桌，只要他瞌睡，就狠狠地扎他，用他的圆规扎他。

我对同桌的交代很上心，如果他真瞌睡了，我是一定要狠狠扎他，不然他醒来后就要扎我了。他历来不含糊，说到做到。那次，我向他请假去服务社，后因下雨，回来时迟到了三分钟，结果他让我写检查。其实我已经和队领导说清了原委，领导也没多大意见，让我下次注意就行了。而我这个同桌，他坚决不同意，非让我写检查，结果，我只好写检查，他将纪律执行得比谁都彻底。他是模拟指导员，他要帮助教员协管全班的课堂纪律，谁不认真听课，谁交头接耳，谁上课打瞌睡，都逃不过邵群昌的眼睛。只要被他看见了，再记上一笔，那是要扣分的，回来是要挨批评的。我们都盼着邵群昌自己能放松一点，好让我们也跟着放松一点，起码不用一整天都坐得像木头桩子似的，连教员都说让我们放松些，但有邵同学在，谁敢呢。

邵群昌历来以身作则，他要求别人做到的，自己肯定会带头做到，就这一点，让所有同学对他无语，甚至怕他。他怕自己上课瞌睡，他就对自己发狠，他交代我用圆规扎他。有几次，我看他身子开始摇晃，眼皮在打架，正在似睡非睡之间，我拿起圆规几乎是恶狠狠地朝他大腿扎下去。“吱”，他牙呲呲声响，强忍着，转眼轻声对我说:“谢谢！”听到“谢谢”二字，我心里打了个冷战。待到下一节课，他又要打瞌睡时，我又朝他大腿扎下去，他又对我说声谢谢。每扎他一次，他都会对我说声谢谢，我从心灵深处开始怕这个人。一个可以对自己发狠的人，谁不怕他？

从邵群昌身上，我明白钢铁是怎么炼成的。邵群昌和我都是农村孩子，刚到部队时，我们都像一块璞石一样，毫无光泽，更不成器。可是邵群昌他能自觉地不断雕琢、打磨自己，几乎是恶狠狠地把身上的那层粗皮全都磨去。他毫不留情地对自己下手，身上的瑕疵一一被他剔除，他越来越光鲜，越来越有形，越来越抢眼，最终合乎规则地成器起来。他打败了自己。而我，被自己打败。我原来从乡下带来的那些惰性无一不保留在身上，只是暂时隐藏起来罢了，只要一有机会又会重现，就像转业后的我，依然懒散、爱睡懒觉、不叠被子、喜欢猫在沙发上看书，依然是一个原来的我，身上只多一些岁月的痕迹罢了。

2014-08-14 于平和小溪

包子

晚自习下课后，学院内特别安静，一大片营区内听不见车马喧嚣，连行人都很少，只有个别上夜班的家属偶尔路过。绝对的安静反显耳朵的喧闹，耳边传来那哗哗的落叶之声。而校门马路对面依然灯火璀璨，那是另一个世界，一条马路把军校内外隔成两个世界——校门对面是一个没有纪律，没有作息制度的世界。沿这条马路围墙内是纪律森严的军营世界。我在军校上学，我生活在纪律森严的军营里，我得严格遵守部队的一切规定。就像当晚，学院轮到我们学员队站夜岗，我们班负责学院大门警卫岗，就得着装齐整军姿笔挺地站在大门两边，时刻关注着每一个人的进出。

过了熄灯时间，学院所有的铁门紧闭，只留下一扇活动小铁门以方便个别人进入。我和侯恩龙负责东门岗，我和他一左一右对站小门两边。我和他相距不超两米，两人对望，没有言语，你看我，我看你，站成一对铁将军。

中原的深秋，早已凉意袭人，午夜的风有些生硬，吹来有些疼。马路对面很是热闹，有卖油条豆浆的，有卖煎饼面条的，还有卖茶叶蛋和玉米棒子的。

借助风，马路对面的包子味、油条味，所有味道一阵阵袭来。这些味道是个大合唱，它们把沉睡的胃唤醒，胃变成一个狂热的听众，在为马路对面欢快地鼓掌，把我的胃拍成一个响鼓，咚咚地响。风再一吹，这些味道又变成一条无形的丝绒，软软地，一头系在马路对面，一头系在我们心眼上，紧一下、松一下地拽着我们的神经。

侯恩龙不断地用余光朝马路对面瞟，那眼睛，馋得像猫似的，贼贼地，正在打量一条鱼，眼光一步一步朝它走去。我没看，我是班长，是这班岗的带班人，这班岗我是正岗，他是副岗，他有错，我连坐；我有错，一人担，我比他多担一层责任。我不能朝马路对面看。其实也不用看，风已经准确地告诉你一切。但我的心里除包子、豆浆，油条和煎饼外，还有出发前教导员的叮嘱："不能擅离岗位一步，否则严肃处理。"教导员是说一不二的人，他对军校规定执行得比谁都彻底，一点都不许出错，同学许峰连续两次外出超时最后被退学，王超抽烟被抓背了个严重警告处分，教导员对犯错误的每一位学员从不留情。

已到子夜时分，再过半个钟头就可以换岗了。按规定，换岗后，我们也不许到马路对面去买包子，只许原路返回宿舍休息。学校有规定，以围墙为界，以大门为限，谁擅自迈出一步，谁就越过了"红线"。越过红线肯定要受到处理。教导员的话是唐僧口中的紧箍咒，学校的规定是一堵看不见的墙，虽然看不见摸不着，但有着无形的魔力，让人不敢轻易去试。

也有例外，一些纪律松弛的学员队，他们的学员就敢到马路对面买包子、喝豆浆。特别是夜静人稀的时候。同学间私下都知道。

侯恩龙一再用眼睛看我，并不断朝我打"眼语"，他用眼神告诉我去吧，再不去买待会儿换岗就没机会了。我也用眼神一再告诉他不行，绝对不行。但侯恩龙实在忍不住，他说当晚就没吃饱，他受不了包子油条的气味，他的胃在翻江倒海，他的胃到了非安抚不可的地步，他小声抗议："我去去就来，有事我一人担着。"说着他就要离岗，准备向马路对面走去，向包子油条走去。

我立马制止，这不是一人做事一人担的事。教导员的话很明白，我和他是一条绳上的蚂蚱，他和我却不是一条绳上的蚂蚱，我比他多担一份责任。我不能眼睁睁看他朝马路对面走去，这和我向马路对面走去没两样。我必须把他唤回，才不致受牵连。此时侯恩龙已走到马路中间，差几步就到包子摊跟前了，情急之下我朝他喊道："你回来，我去买。"听了我的叫唤，他笑嘻嘻地回到自己的岗位上看着我，我一下陷入进退两难的死角，我内心有两个人在吵架：

一个人说："去吧，跑过去，买两个包子就一会儿工夫的事，岂会那么凑巧被人发现。"

另一个人说："不行，只要越过马路我就越过了规定的红线，发现或不被发现，都是事实的违规。"

在去与不去之间，最后是侥幸出来帮了倒忙，侥幸说："去，不被抓就没事。"我听了侥幸的话，一步步地朝马路对面走去，朝包子走去，我走进了错误的禁区。我掏出两块钱，那位妇女掀开笼屉盖子，拿出四个热腾腾的包子给我，我拎着包子快速返回，我要返回原来的岗位去。我抬头一看，教导员已经站在我那个岗位上，他一边替我把那个空缺的岗位补上，一边冷冷地看着我，我手中拎着四个包子站在一旁左右不是。侯恩龙一脸铁青地站在那里，一言不发。教导员站在我那岗位上不离开，一直站到下一岗交班。他无声的语言告诉我：你已经没有资格站在这个位置上，你站不好这班岗。我惭愧得恨不得钻进地缝里。

第二天，还没等教导员批评，我便把检查交到他手里，并主动辞去班长一职。从这往后，不管连队的包子多么好吃，我从来不吃，这是我的污点，我不能一次又一次地复习这个污点。

2014-09-03 于平和小溪

无知的帮凶

大家都惴惴不安地在宿舍休息，一阵急促的铃声把大家叫醒。教导员在会议室里向大家宣布一个沉痛的消息：魏振宾同学经多方抢救无效走了……

这个不幸的消息一下把我链接回三个钟头前那一刻，那时大家都在操场做体能训练，科目是单杠，“六、七、八、九——十……”像信号中断一样，高大的魏同学双手瞬间从单杠上松开，像一棵被锯倒的大树一样扑向地面，就再也没起来。

当时是军校晚自修结束就寝前时刻，我们是毕业班，过些日子大家要进行单杠、双杠、鞍马、跳远及各种中短跑步等体能考核，体能不达标不能算合格生，甚至可能影响毕业，大家充分利用时间在加强锻炼。跑步要去操场，操场离学员队还有段路；而单双杠在队门口就有，学员队安排早晨练跑步，睡前练单双杠和俯卧撑。

锻炼前，魏在宿舍和我还有狄江一块儿抢一本杂志，这本杂志上有许多幽默小故事，很逗我们开心。魏是很帅气的大个子，阅兵方阵里的第一个基准兵，他喜欢看幽默故事，说话很有幽默感。那天，我和狄江都没抢过他手中的那本杂志，出发前，他还特意把杂志藏好，准备回来再看。

我们寝室八人围在单杠四周，大家轮流上阵，练习引体向上课目。我们是空军技术院校，体能考核和陆军院校不能比。我们区队长马林从陆军转行到我们空军来的，他的单杠练得最好，他能做360度大回环，他率先为大家示范。只见他一个立定跳起，双手牢牢抓住单杠，一个曲腿回荡，双手直直撑在单杠上，接着为我们做了几个回旋。我们不考核这些高难动作，只考引体向上，每人要做八个引体向上就算达标。接着马林连做30个引体向上，动作干净利落。山西的侯恩龙第二个上杠练习。侯恩龙平时只能做八个引体向上，当晚他却一口气做了15个，大家很受鼓舞。第三个轮到魏同学。单杠是魏的弱项，平时他拉不了五个，可能是受了感染，当晚他像吃了兴奋剂一样，竟一口气连做九个引体向上，他稍加停顿。他个子高，他的双脚还能够着地面沙坑，稍停顿后的魏同学很吃力地拉了第十个引体向上，他又站在地面说了一句："头有点晕。"之后就倒在地上。

看到魏同学倒在地上，大家一时慌了手脚，几乎是同时上前，不假思索地把魏同学从地上拉起。姚忠兴是学员队个子最高的一个，身高一米九多，是篮球队的中锋，大家一致把魏同学扶到姚忠兴肩上，然后是马林和侯恩龙一左一右护送，直奔百米开外的学院卫生院，我们被带回宿舍休息。大家都没心思休息，各自躺在床上，默默地为魏同学祈祷，希望他平安归来，希望这一切都只是一场虚惊。宿舍里异常安静。八个人的集体宿舍，往日不到半个钟头就会有鼾声响起，就会有人说梦话，还会有磨牙声，那一晚安静得有点可怕，大家都在被窝里躺着，心却惴惴不安地等待消息，等待马林和姚忠兴早点回来，给大家带回平安的消息，最好是连魏同学一块儿回来，他只是短暂的休克。大家怀着重重的心事，各自数着窗外的虫声，谁都没有入睡。一阵又一阵的虫声过后，我们等来一阵急促的铃声。大家心一沉，不好，魏同学可能出事了。果真，教导员把那个结果明白无误地告诉了大家：魏同学永远也回不来了。

魏同学死于心脏病。后来得知，这也是他的家族病，他的父亲不到花甲之年死于心肌梗死，他大哥刚到中年也死于心肌梗死，死神一直潜伏在魏同学家族身上，他死于他们的家族宿命。这个结果让不安的我们好受一些，虽惋惜，却也无奈。

后来，我们在魏同学的被子里找到那本杂志，我随意一翻，正巧翻到上面心脏病的防病生活小常识，杂志上介绍说——心肌梗死往往死于过劳、激动、紧张、愤怒等激烈的情绪变化，发作时最好是原地静卧休息，不许随便搬动病人，更不能扶病人走动。

看到这里，我立马陷入无限的恐慌之中——原来魏同学的死跟我们有极大的关系，我们可能就是杀死他的凶手，虽不是原凶，却是帮凶，我们是一群无知的帮凶。

无知的热情就像一颗没有方向的炸弹，总会误伤友军。如果当时魏同学倒地时，我们不去搬动他，再及时叫来医护人员，或者在原地帮他做心肺复苏，可能魏同学还活在我们身边；而我们当时六神无主，还一把把他从地上拉起来，又背他一阵颠簸跑去卫生院，让一个原本缺氧的微弱心脏彻底停止了跳动。

每个人都活在死亡路上，从生下来那天就一直向它走去，无人知道死神什么时候到来。魏同学的死让我知道死神不是瞬间引爆的炸弹，它经常给人留出时间，就看你能否及时有效地从它手里夺回来。魏同学不但惊动了卫生院的值班医生，也惊动了学院领导，他被紧急转送信阳市最好的人民医院，学院领导把全市最顶尖的心脑血管专家全部请来了，还是不能让一颗停止工作的心脏重新跳动，他被我们一帮人往错误的道路上加速送走，我们帮了死神的忙，而错过死神留给我们的营救时间，死神再也不肯让步。

2014-08-20 于平和小溪

上帝的方程

一、硝化棉

这是一截焦黄色棒子，圆棱形，古朴得像一柄古代兵器锏；微软，拿在手里却有些沉。教员把它放在讲台上。我猜想，它会是什么模型呢？教员却说这是从军用57火箭弹上拆下来的固体燃料，主要成分是硝化棉。

硝化棉是化工产品。但这截燃料对一个军校学员却不应陌生，它被摆在课堂上，需要我们了解并安全使用它。这截燃料被教员拿到安全实验室，点燃，火焰一闪，瞬间没影，连灰都没有，只剩少许黑烟，还有一股刺鼻的呛味。大家被眼前的情景惊呆，化学的威力超乎想象。教员说，把这截燃料装填在火箭弹上，瞬间可以发射到五公里外。就是刚才瞬间一闪的火焰，能把一枚57毫米口径的火箭弹，瞬间投至五公里外。

火箭弹造型像标枪，第二十二届奥林匹克田径赛上，前民主德国世界著名男子标枪运动员乌威·霍恩向全世界投下惊人的一枪，104.80 米成为至今无人超越的纪录。标枪重量 800 克，一枚 57 毫米口径的火箭弹重量是它的五倍，这截燃料瞬间力量超越了人类极限的几千倍，甚至更多。不要说人类，“海洋巨人”鲸也没这般神力，任何机械都做不到。离开实验室，谁也无法准确测出这截燃料的威力，在你眼前就是一截焦黄色的棒子，它像魔鬼的化身，力大无穷。

五公里，对人类不算远，却足以让一只蚂蚁走上一个月，世上多少微小生物的一生都没超出这个范围，人类借助火药，瞬间就做到了。这距离也不算远，我惊讶的是它的速度，五公里人要走上一个钟头，而火箭只需七秒，百米飞人博尔特也跑不出百米。飞行员从空中瞄准地面目标，对于低速行驶的汽车几乎忽略不计，何况只是人这样的目标，面对枪炮，人变得徒劳。

速度让人无所遁形。速度改变一切，人类一直致力于速度。

茹毛饮血的山洞时代，族群部落聚居山林里，一辈子甚至几代人都没走出一片林子。当时，比人的脚步更快当数手中长矛，这长矛类似今天的标枪。长矛飞不出那片林子，用于对付野兽尚可，却无从对付一个未知的世界；只有跃上战马，再挎上弓箭，才能飞出森林，俯仰高山与平原，自由驰骋于广袤大地，建立城邦和国家。战马和弓箭可以改朝换代，可以征服陆地，却不足以征服海洋。磁针出现支撑了探险家的野心，却不能叩开海洋深处的秘密，更不能连接海洋与陆地宽广的通道，火药和蒸汽轮机被搬上坚船，一切就所向披靡了。回顾这千万年人类脚步，一切皆源于速度的改变，人类不断追求前进的速度，汽车、高铁、飞机、航天飞船，无一不是人类前进的翅膀。速度，让有限生命延伸了深度与广度。

这只是现在，将来，定有超高速运载工具，美国已经研究一小时全球到达的飞行器，相信在不远的将来，人类能用上光束粒子，一小时实现月球往返不费劲。当然，这一切离不开强劲的发动机。

把教员那截硝化棉燃料装填在钢制套筒内，装上点火装置就是一枚火箭的发动机。有了发动机，给它一个方向，它能准确朝目标飞去。装上足够的燃料，一枚火箭能飞向宇宙深空。覆盖全球的洲际导弹，深空宇宙探索飞船，无一例外，都是发动机的功劳。有了强劲的发动机，人类的脚印印在月球上，人类的眼睛看见了宇宙深空一些奇妙景观。然而，这只是科学实验结果，是先驱探路者的脚步，登月是科学意义，对大众而言，还是在一种亚音速状态下生活。飞机出行是我们的极限速度，我们还没有穿透音障。

音速 340 米每秒，这个速度是生物界的一个极限。世上任何生物的翅膀都做不到，唯有人类航空飞行器做到了。在低空高速飞行，肉眼便能看见一圈白色的雾，这是飞行器划破空气阻力形成的音障。突破音速就要穿破音障这堵无形墙，那看不见的金钟罩需要瞬间刺穿。飞行是飞行器与空气的拔河比赛。跨几倍音速飞行时，会遇上更强大的空气激波，看似比水还柔弱的空气，被外物洞穿时，像被压缩的弹簧，压得越深，反作用力越大，极限时，它就是一座高压炉。看那些返回大气层的航天器，外壳无不烧焦，空气威力如此强大。地球母亲是身怀金钟罩绝世神功的巨人，她牢牢挽住怀里的一切，对一切外来的入侵者杀无赦，都被她极力化成空气，她强大的外罩保护地上一切生灵免受袭扰。她怀里的孩子却不安分，无时不想脱离她的怀抱。借助强大的发动机，一次次想逃离到太空深处，探索家园之外的宇宙秘密。离开地球的轨道，就像婴儿走出家园，消失在母亲的视线中。人类一直像个

逃犯，无时不在提升脚力，加速逃离。甚至希望乘上一艘光的飞船，追回时间的脚步，人的野心超越光速，人的意念可以瞬间装下一个宇宙。

飞翔，不只是今人的梦想，先人在壁画和神话中留下了他们飞翔的传说。先人们想上九天揽明月，想举手摘星辰，想幽会月宫仙子。只是先人们缺少一对飞翔翅膀，他们双脚离不开大地，他们没有发动机，他们没找到硝化棉。哦，硝化棉，这个陌生的化工品，它多像巫师的扫帚，能帮助我们挣脱地球母亲的怀抱，成为星球人，成为宇宙人。原来改变这个世界的是一场化学的力量，它胜过任何人力与机械，从牙膏到洗头膏，从塑料袋到硝化棉，无一不是一场化学。化学在改变生活，改变世界。世界是一场化学，谁都无法回避，我们被化学推上快车道，推上星球的轨道。我们每天都生活在化学之中，还有什么比化学更神乎的力量？我想，除了人类探寻这个世界的好奇心与野心之外，恐怕没有了。只是，今天真到月宫上了，我们却遗忘了祖先的愿望，所有浪漫都变成残酷的事实，所有先端科技无一不带着军事的背景。一枚发动机可以携带探索卫星上天，造福人类，更多的发动机却携带炸药，甚至核弹头。看到教员那截硝化棉，瞬间感到腋下生出一对翅膀，运载着我的好奇与野心，翱翔蓝天。只是这截硝化棉不携带飞船，它的前端携带战斗部。

二、战斗部

发动机是一枚火箭的底部，像卫星发射一样，发动机占去火箭五分之四，甚至更多。汽车加再多的油，也是为多跑些路。发动机决定一枚火箭的旅程。但发动机不是目的，决定目的的是它的前端，执行任务的是这枚军用火箭的前端——战斗部。

这枚战斗部也被教员摆在课桌上，它原本和发动机是连在一起的，钢铁外壳，涂成军绿色，平整，光滑，前锥形，就是一枚放大的子弹头。整个战斗部不超发动机的四分之一。个子虽小，它的威力却不容小觑，超过集束手榴弹爆炸的威力，爆破的弹片足以杀死几十米内的有生力量。一枚洲际导弹体量比发射卫星的火箭还小，它便携，机动，易隐蔽，它的战斗部只是尖尖的像整流罩那一小部分，它释放出来的能量却相当惊人，是几千万吨标准炸药 TNT 的当量，比投入广岛的“小男孩”还大上几千倍，能把广州、武汉这样的特大城市瞬间夷为平地。这就是战斗部的威力。

一枚标枪投出去可以杀死眼前一头野猪或一头鹿；一枚火箭弹可以杀死一群野猪或鹿群。冷兵器时代，打仗讲天时、地利、人和；热兵器时代，除了这三者，还应加上科技。从国土面积看，以色列只是中东的弹丸小国，建国之初，和福建省漳州市相当，处在整个阿拉伯和伊斯兰国家包围之中。依靠强大的军事科技，打赢五次中东战争，实际控制国土面积增加近一倍。就是这样的一个弹丸小国，在第四次中东战争中，遭受埃叙联军突袭，西北两线被数倍于己的力量夹击。实际上对它参战的还包括伊拉克、约旦、阿尔及利亚、利比亚、摩洛哥、沙特阿拉伯、苏丹、科威特、突尼斯和巴勒斯坦解放组织，几乎整个中东国家均派遣部队或飞机参与这场战争。这样一个四面楚歌的小国家，竟能反败为胜，何也？细细一想，这一切的背后，无不是科技带来的胜利。假如这场战争回到冷兵器时代，不管以色列人多么聪慧团结，在腹背受困节节败退之际，面对数十倍甚至上百倍于己的力量，不要说反攻，不亡国、不割地赔款已是奇迹。就算占尽天时、地利、人和先机，是否还有胜算？但历史没有假如，以色列诞生在一个火箭代替弓箭的时代。他们占据军工科技的优势，他们把战争的手段运用到极致，把炸弹、火箭、导弹这些威力巨大的兵器发挥到极致。

弹药的威力远胜于人力，人墙阻挡不了弹药的道路，只要运用得好，几颗导弹就能解决一场战争，在万里之外能取上将首级。

我拿起这枚战斗部在手中小心掂量，它的分量无比沉重，它是一群生命的总和。那次航炮校靶，我关闭座舱，抠下射击按钮，嗡的一声很沉闷的响声，随之整架飞机震颤，一波又一波的振荡波传进我的鼓膜里，久久回音不绝。我赶忙升起舱盖，消除舱内密封空气的回音。到靶区查验靶标时，发现炮弹没落在标区上，这枚 23 毫米口径的穿甲弹却把两公分厚的钢板穿了一个洞。好大的威力，我倒吸一口凉气。耳朵还在嗡嗡响，伴随一些疼痛。我想起七岁那年正月，邻居一个大孩子悄悄在我身后点燃一颗三公分口径、七八公分长的鞭炮，待我发现异样还没跑出五米它就炸了，嗡的一声巨响，两耳一阵巨痛，感觉有根长钉同时从左右耳对穿，之后就听不见周围的一切声音，耳朵一直嗡个不停。这种情况持续了一个星期，听不见外界的声音，耳朵里一直嗡嗡响，这声音很近似乎又很远，那是一种低频又不衰减的声波，像是体内有一股不绝的潮汐，又像一面擂不停的鼓。翌日清晨，耳朵便有液体流出。母亲把我禁在家中静卧七天。那七天，感觉耳朵装着一个海，潮汐分秒不停在耳边拍打。七天后，我用小指从耳朵掏出大块的血痂，感觉拆了一堵墙一样，两耳一下见光了，但还害怕一切高频声响。高音，像刀一样凌空割来，一响耳朵就疼。直到一个月后，左右耳才恢复正常。翌年正月去姑妈家，我从地上捡起一颗手指大的鞭炮，那是一颗没过火的哑炮，捻芯只有1公分长。我右手捏炮，左手拿香，刚点燃，不知是否脱手，鞭炮便炸响。我瞬间惊呆，傻眼。随即一阵钻心的疼唤醒了我，一看，右拇指、食指、中指乌黑，还粘上磷光粉，一会儿就鼓起三个大大的血泡。两枚鞭炮爆炸，搅起微小的冲击波就足以让我受重创。有这两次教训，让我对鞭炮无比恐惧，对一切会爆炸的东西敬而远之。

如今这枚战斗部在我手上，虽然它只是用于教学，像头深度麻醉在手术台上的狮子，很安全，我却担心它突然醒来，失控，扑向四面八方。感觉眼前有道火光，嗡的一声炸响。只要这枚战斗部突然爆炸，它的弹片足以杀死一片，教室里不知会有多少人殒命。火箭弹是小型炸弹，如果它误落人群之中，那一定会形成一个血流的旋涡。它在手中，我能感觉到它不安静，似乎在等待，等待一个指令。

顺着它前端锥形处有个平面缺口，缺口内是白森森的螺纹，像白森森嗜血的牙。这些表面光滑的炸弹内部，都深藏着嗜血的钢牙。钢牙深处有蛋黄色的固体充填整个空间。这蛋黄色固体TNT，是常用的炸药。普通航弹、火箭弹都装填这种炸药。虽只是普通炸药，而它的威力远胜于我们日常见的硝铵炸药。小时候，我常见有人拿硝铵炸药炸鱼。只见他把一束腊纸包的只有一节黄竹般大小的炸药，往里抠一个小眼，再插入埋好导火索的雷管，再绑上一个扁长的小石头。他深吸两口烟，吹去烟灰，猩红的烟头对准导火索，点燃，导火索嗞嗞作响，喷出小火苗，他迅速把炸药扔到深潭。我们捂上耳朵，站在岸边巨石上等。突然，那束炸药浮出水面，石头脱绳了，那颗石头逃过一劫，我们却危险了，导火索还在水面吹出串串白泡，我们本能地卧倒。一声巨响，平静的深潭拔起冲天水柱，如一棵雪色大树，有四五层楼高，电影巨龙出海画面突现眼前，哗啦一阵，水柱纷纷落回水面，瞬间压了一个大凹坑，平静、塌陷、死亡，爆破不可抵挡。一些水珠打在我们身上，接着一圈又一圈巨大波纹从爆点向外推开，水花拍岸，无数水泡从深水中冒出，随之是翻了白肚皮的鱼，一条、两条、三条……大鱼小鱼随着气泡一块儿浮上来。

这次炸鱼，提前让我目睹了一次爆炸实验。这只是一束包在腊纸里的硝铵炸药，它不够密封，它的威力大打折扣，假如它和手中这枚战斗部一样装填在钢壳里，恐怕效果更加惊人。所有弹药都结结实实封在钢壳内部。所谓爆炸，其实就是没有足够空间的一场快速燃烧，越密闭，空间越小，威力越大。所有的弹药都靠冲击波和弹片伤人。水面那些鱼就是被冲击波杀死的，所幸没有弹片，不然我们能否幸免还难说。在连队，我多次目睹为外宾表演的射击，飞机转弯，爬升，俯冲，只见飞机前方似有少许黑烟，还没看清，飞机已拉杆爬升，远离靶区。那是57火箭弹射击，航炮射击能看到炮口的火光，见不到烟。跑道一侧的靶堆溅起一朵又一朵泥花。

每次为外宾表演，跑道四周几公里内全部戒严，不许任何人员车辆进入，外宾隔在一公里外的安全区观看。弹药的威力谁不畏惧？表演的只是航空弹药里最小型的57火箭弹，还有更大的90、130火箭则被禁止，它们的威力足以让一公里外的建筑物玻璃脱落、震裂，更别说体形硕大的炸弹和导弹了。

弹药的威力在于量的多少，体量决定威力。这枚火箭的战斗部药量不超300克，相当于那次炸鱼两束硝铵炸药的体量，而且是最普通的TNT炸药，还有威力比它大的黑炸药。炸药威力在实验室以燃速来测定。TNT 的燃速为 6600 米每秒，黑索金的燃速为 8848 米每秒，一秒之内它从海平面烧到珠穆朗玛峰顶，快到你来不及眨眼。一片树叶以这样的速度，瞬间能推倒一棵大树。硝铵炸药的燃速还不及 TNT 的一半，威力自然倍减，只适合工业爆破作业。教员说，所有大型普通弹药都装填 TNT 炸药，为何？它稳定，安全。

教员说，所有炸药数 TNT 最安全，只要不密封，不超一吨堆放在一起，点燃它都不会爆炸。战场上，有经验的老兵，喜欢拆那些没炸的哑弹的炸药来生火做饭。是的，细想之下，所有的弹药原本都是安全的，它们原本栖身在矿石中，像石头一样安全。原子弹需要裹在炸弹芯里，它需要炸弹来引爆，氢弹需要原子弹来再引爆，谁能想到这些无辜的弹药是怎样被挤爆，并被扣上危险的罪名。教员还说，这枚战斗部本身不会爆炸，它还需一个引爆装置——引信。

三、引信

我手里正拿着引信，一枚拳头般大小的铁家伙。银白色，圆锥形，前端装有六片反向旋翼，像台微形风扇，也像童年纸叠的风车。这是一枚真引信，只是它没及时被派上用场，像没上过战场就退役的老兵。还好，它如标本一样在教室里被传阅，有了第二次生命在发挥余热。

引信是引发炸弹、炮弹、地雷等弹药的引爆装置，作用相当于炸药中的雷管。雷管构造简单，靠导火索或电流击发即可。引信却要复杂得多，种类繁多，按时间可分定时、延时和即时引信。

教员讲完原理后带我们上实验课，他拿了五个炸弹引信分给学员，让我们任意拆解、组装，让我们加强对引信构造的了解，五枚引信就在教室击鼓传花般传开。

这五枚引信是淘汰品，它们经过教员安全把关，是一种最普通的延时炸弹引信。它由旋翼、保险装置、击发装置及引爆药几大块组成，看似一个拳头大的铁疙瘩，细数之下，结构无比复杂。它需要被我们熟练掌握，成为一个操作者。炸弹离开飞机后，风会拧开反向螺纹的旋翼，解除保险。保险解除，引信就像一颗离膛寻找目标的子弹，只需要一个接触目标，一个碰撞。一触即爆，一枚引信就完成了它的使命。现在这五枚引信的使命发生了变化，它们不需要引爆炸弹，它们献身于教育事业，正在“教书育人”。

拆开旋翼后，我看到它的上层是个托盘，上面有秒针，在发条作用下，正好可以走上59秒。第60秒是个缺口，这个缺口就是一个巨大的陷阱。秒针走到这里，时间就掉进陷阱里，撞针在弹簧的作用下，向下撞击引爆药的火帽，留给世界一片黑暗。也就是说，在前59秒，一切还是风和日丽生机盎然的景象，这59秒是生命的时间，是上帝的时间。再过一秒钟，就是爆炸、毁灭，一片废墟的景象，最后一秒那是死亡的时间，是地狱的时间，是零秒。那59秒所创造的总和也抵不上这最后的一秒。杀戮，让生长赶不上死亡的过程。这一秒归零，一切为零。犹如宇宙坍塌瞬间，一切都归零，归于黑洞。

引信只是弹药的一个构件。炮弹、火箭、导弹、炸弹都有引信。小的比小指头小，大的与一颗手榴弹相当，引信是一枚弹药不可或缺的装置。一枚小口径炮弹的引信不足指头大，这小小的方寸之间却五脏俱全，同样装有保险、击发、引爆装置，它靠炮弹初速离心力压破保险薄片隔层，自动解除引信上的保险。而一枚航空定时引信，除保险、击发、引爆装置外，最难的是精确的延时功能。它能精确到秒。炸弹离开飞机世界就进入读秒时刻，引信内部的延时火药像盘香一样准时点燃，火药像秒针一样准，一秒不差地前进，一直燃到底部引爆。假如这是一颗核弹，世界就开始进入倒计时。

看到这枚引信，我明白了人类的心思无比复杂而细腻，把一件兵器制造得如此精细。从最初山洞时代算起，人类的心思就开始不断琢磨，如何把手中那块石头和那柄长茅磨得更锋利，人类从来就没停止打磨手中的兵器，精益求精。现代冲锋枪枪托，精减到只剩一根拐棍似的铁柄，所有现代枪炮，无不精减到一毫无余地步。

航空界传言，在不改变性能的前提下，谁把飞机重量减轻多少，可以获得同等重量的黄金奖励。看似诱人，其实是不能获得的空头大奖。一架飞机的定型，历经成千上万个精英团队日夜攻关几年甚至几十年，小到一颗铆钉都经过严格“算计”，绝不多出一厘半毫。我维护的23-2航炮，主要构件传动框，前端圆筒四周被镂空，挖去小小八处，像菱形的杨桃。每处抠去不足一根手指大，总重量减轻不足半斤，但这是经过严格计算的，抠去的就是多余部分。数以万计被抠去的部件加在一起，足以让一架庞然大物飞得比鸟还轻。民航飞机机翼内部，均由无数个蜂窝状隔层相连，每个蜂窝状格层都被改成通联的油箱，一对大机翼能容下几十吨航油，飞机上没有多余的空间。

大家沉浸在对引信的探索中，突然，一声巨响让所有人的心揪了起来，竟有一枚引信意外引爆，所幸只是击穿，所幸没伤及无辜，大家都逃过一劫。引信的威力不足以把整个铁疙瘩炸开，却把一寸厚的实木桌板击穿一个三公分大的洞。教员和那位同学面如死灰。这枚过期经过安全把关的引信，竟在同学手中炸响，所谓过期只是弹药的深度睡眠，它在撞针一次次的击打下，依然会醒来，完成一枚引信的最终使命。每一件武器都是有使命的，只是武器的本身没有立场，它只接受操作手一个指令。一枚箭矢，可以射向敌人，也可以射向自己的战友，还可以射向迎面扑来的猛兽，可以射向任意方向，兵器无罪。从来没有人给一件兵器定罪。武器的危害超过毒品，毒品被列入国际禁品，却心安理得并源源不断地生产武器，把多余的卖给别人，这是多么自相矛盾的事情。

看着这枚引信，就明白武器无论造得多精细，最终都是要爆炸，最终都是要吃人的。人类进化千万年，想吞并对方的心思一点都没变，甚至更缜密。我没有能力改变武器的命运，我正被训练为一名武器的操作手。我不但要熟悉这枚火箭的全部构造，还要熟悉炸弹、航炮和导弹的全部构造，我熟悉它们的全部性能，我是一名熟练的操作手，现代航空兵器的使用者。我保障自己维护的每一件武器都发挥最大效能，而我看不见它们沾上谁的鲜血。从某种程度上说，我也是武器的一部分，是那挥刀狠狠砍下去的那只手。

教室还弥漫着硝烟的气息，我感觉剩下的四颗引信也在躁动，它们似乎也受到蛊惑，我担心它们会在下一个瞬间被惊醒，只要是武器，不管它沉睡得多久，终有醒来的一天。我仿佛听到另外一股声音，兵器醒来的声音，它们在战士手中，在弹药库，甚至在兵器展览馆。它们以深度睡眠的方式，为自己暂时找到一个安全的栖身之所，只等待一个时机，一个指令，就像那串起床的哨声，随时跃起。

四、兵器展览馆

教学展览馆里陈列着炸弹、火箭、导弹和航炮。我们是来看航炮，了解航炮家族历史的。这些退役的30和37口径航炮，如今看来，它们性能落后，属于过时淘汰品，展出等同发挥余热。但可别小看它们，它们可是朝鲜战场的功臣哪。那场远去的硝烟，让展览馆里的每一门航炮都战功赫赫。

如今，我们只能从影视中见到它们英武的表现，看见老式米格战机喷出串串火舌，一直咬着敌机追着打，机头的火舌喷个不停。把前方敌机打得落花流水，看得热血沸腾，过瘾。航炮是我的专业课，我熟悉它们的性能。一门23-2航炮允许一次连续射击20发炮弹，超过则有可能炸膛。每射击一发炮弹，火药燃烧的高温都作用在炮膛内，连续射击20发炮弹，炮膛温度已达到安全界点，超过界点，炮膛温度过高容易使炮弹自动击发，进而加速炮膛升温、变形，最终炸膛。炸膛，等同把炮弹打在自己战机上。23-2航炮的射速每分钟超过1000多发，如今还有高超射速、每分钟超7000发的航炮，20发只是一秒之内的事，飞行员扣下按钮瞬间就得放开，绝不敢一直扣住不放，直至炮弹打光。即便是当时射速最慢的37口径航炮，每分钟也近400发炮弹，我不怀疑英雄们的英武壮举，我怀疑制片人的无知。朝鲜战场发生过打光炮弹，驾战机撞向对方的壮举，这比战场上肉搏更壮烈。肉搏还有幸存希望，撞机是同归于尽。

导弹的诞生，让航炮逐渐成为航空武器中的配角，但还是不可或缺的重要武器。越南战场，美国鬼怪四战机过度依赖导弹，没装配航炮，在近距空战中吃了大亏，后来重新配备了航炮。空中格斗，导弹相当于长枪和弓箭，航炮相当于防身的短刀匕首，贴身肉搏时大有用处。在近距空战，战机瞬息万变，导弹未必跟得上飞机的姿态变化。更为致命的是，无论火箭和导弹，都需要一定距离才会解除引信上的保险，这个设计是出于自身安全考虑；对于高射速航炮，刀刀致命，每一发炮弹都像利刃，出鞘伤人。一张网，蜘蛛要绕上大半天。高射速航炮，瞬间能在空中拉开一张巨大的火力网，射程内无一逃生，威力惊人。

展览馆里的航炮，它们叱咤战场时，导弹还是个新生事物，空空导弹更是在设计蓝图上，那场战争没有导弹的身影。那时还是个枪炮主宰的世界。那时的天空是 30 炮和 37 炮主宰的天空。那些刚脱下陆军军服的年轻战士，经过短时间培训，成为共和国的战机飞行员，以大无畏的精神，驾战机在朝鲜开辟出著名的米格走廊，创空战史上神话。

我见过那场空战的老兵——王海。当时我是新兵，他是空军司令。来部队视察，司令是已近古稀的老人，满头银丝，精神矍铄。站在队伍前，敬了一个标准军礼，上前和大家一一握手，一脸慈祥。如果他穿便服走在人海中，谁能认出他是一个身经百战，一次次与死神擦肩而过的共和国战斗英雄？我查阅资料得悉，1984 年 7 月，时任空军副司令的王海随中国军事代表团访问美国，中途，美国空军参谋长查尔斯·加布里埃尔突然要求见一下这位中国客人。会谈中得知，这位参谋长是当年朝鲜战场上美国空军五十一大队的中队长，昔日的冤家对手，竟在大洋彼岸的宴会厅里握手、叙旧。昔日对手，今日宾主。昔日两军阵前各为其主，在他国上空，狭路相逢。他们都曾因战机负伤成功跳伞，都是九死一生的幸存者。

无从得知他俩当时谈了什么，但肯定绕不开那场战争。作为战场上幸存下来的两位老人，心灵深处一定都烙上战争的伤疤。硝烟弥漫的岁月，他们想到什么？是那些死去的战友？那些被自己击落的战机？是永远留在异国他乡的遗骸？是漫山遍野盛开在朝鲜五月的金达莱？还是祖国翘首以盼的亲人？一声又一声急促的战斗警报，或许他们都没留意过身外的一切，飞步跑向自己的战鹰，起动，推油门，拉杆，冲向苍穹。每一次出勤，连自己能否平安回来都是未知数，谁会留意刀枪之下的芸芸众生。只有一个目标——击落对方，保存自己。战场上，人拿起武器，一切都变得简单，只有输赢，只有生死，别无他求。

这些展览馆里的枪炮，它们很幸运没毁在对方的枪炮之下，也没回到炼钢炉里，它们也是那场战争的幸存者。它们膛线已经磨损，即使没被淘汰，它们也是老胳膊老腿的老人，它们再也回不到自己的战场。我用手摸一下炮管，有些凉，像那场远去的硝烟，你在历史书上测不到它的温度。兵器总是冷冰冰，当它喷出熔浆的火焰时，那是末日的情怀。它能告诉我什么？每一发炮弹燃烧的温度？那场战争的胜负？还是它自身的优越性能？这些都已无足轻重。我更愿意在清明节时，对着电视画面，朝那永远留在异国他乡的墓碑凝思，那是我们所知道的死亡者，还有更多不被记录和来不及记录的遇难者，他们和炮灰一起冷却在烟尘中。那一百多万年轻将士的生命，谁为他们买单？还有那死于战火无辜的百姓，又让谁来买单？如今烟消云散，所有的生命会聚在历史书上，就仅剩下模糊的数字。

展览馆里的枪炮，多像博物馆里的木乃伊，它们被精心地保存下来，躺在角落里无声地呻吟。它们的存在，除告诉我这是一件杀人利器外，它还能告诉我什么？如果它们能说话，它们一定会说，我们已经完成使命，剩下就看你们的啦！可惜枪炮冰凉，它们不会说话。如果会说话，它们定会说，我们无罪！是的，武器无罪，有罪的是拿起武器挥向头颅的人。有罪的是扔下炸弹的那个人，是那个下令扔弹的人，是君王手中挥师前进的那把剑。十年前，我就见过这样一把君王之剑。

五、剑

对，十年前，我在湖北省博物馆见到一柄古剑——越王勾践剑。剑首外翻卷成圆箍形，剑身修长，布满规则黑色菱形暗格花纹，有中脊，两刃锋利，前锋曲弧内凹，剑格镶有绿松石，剑身刻有鸟虫书铭文“钺王鸠浅”和“自乍用鐱”，即“越王勾践，自作用剑。”

这柄剑可谓精美绝伦，代表了青铜剑的最高冶炼水准。当年出土时，该剑割破一名开采队员手指，血流不止。有人再试锋芒，稍一用力，便将十六层白纸划破，两千多年前的一柄古剑依旧寒气逼人。如今它被摆在玻璃柜内，柔和光线难掩其锋芒。中华剑史数千年，剑为百兵之首，历来为王公帝侯、文士侠客所追捧。据载，越王爱剑，使能工巧匠采金铸成八剑之精，一名掩日，二名断水，三名转魄，四名悬翦，五名惊鲵，六名灭魄，七名却邪，八名真刚。《越绝书·宝剑篇》也记载，越王勾践共拥有——胜邪、纯钧、湛卢、鱼肠、巨阙五柄绝世青铜宝剑。相传均为铸剑大师欧冶子手制。皆为华夏千古名剑。有鉴赏家称赞“纯钧”剑：“手振拂，扬其华，淬如芙蓉始出。观其鈲，灿如列星之行；观其光，浑浑如水之溢于塘；观其断，岩岩如琐石；观其才，焕焕如冰释。……虽复倾城量金，珠玉竭河，犹不能得此一物。”

君王的嗜好我无意夸赞，君王只对自己的雄心负责，从不对剑下的苍生负责。参照史书，我能想象复仇后的勾践那幅鸟尽弓藏，兔死狗烹的嘴脸。这柄绝不是当年卧薪尝胆时的复仇之剑，应是一柄没上过战场的玩物，越精细越不是战场兵器，它只是符号，只是帝王手中的一件奢侈品，充其量只是一把防身利器。复仇，灭吴，一代霸主已骄横自满，雄心早已消融在声色犬马之中，不管手握何等利器，终是饰物。

王者无剑，王者之剑在心。勾践当年困于会稽山上濒临灭国时，献美女，当马夫，卧柴薪，尝苦胆，手中何曾有剑。那柄剑藏之于心，日夜悬以苦胆砥砺之；一日获归，十年生聚，终雪前耻。这柄复仇之剑勾践心底磨了三十载，王者心中之剑，其利灭国，睥睨群雄。

从人格上说，这把剑的主人并不光彩。忍辱偷生，一旦机会来临，杀人君，灭其国，夺人妻女，他留给吴人一个结实的亡国恨，他心中那把复仇之剑成功戮在别人心上。有史以来，帝王剑锋所指，历史的车轮无不发出凄厉的惨叫，犁开一条血泊大道，留下一段安静的文字刻在竹简上。那条著名的三八线，双方死伤无数，几百万个生命，最后结束在一张白纸上。

我在许多革命博物馆都能见到日本军刀，这每一柄缴获的战刀，至今都能戮痛敏感的民族神经。尽管已是枪炮的时代，但这个不自信的大和民族还是信奉一截淬过火的冷铁，凡班长以上均配战刀，他们信奉精神战胜物质，信奉这种代表武士精神的战刀能战胜世界。这柄细刀如一个民族的精神符咒，人人心头怀揣利刃——征服东亚，征服亚洲，征服世界。战刀一指，一个连，一个营，一个联队席卷而来，滚滚浓烟，万物苍生如草芥，皆成刀下冤魂。我至今仍在想，这每一柄战刀它有罪吗？这持刀之人有罪吗？制刀之人有罪吗？真正有罪的是那些把一个民族带进狭隘胡同的统治者们。是下令持刀杀向世界的那个人。是昭和天皇裕仁和东条英机他们，是他们狂妄的野心日益膨胀，最后利刃出鞘，向世界捅来一把长长的战刀。野心是把刀，这些独裁者的野心之刀把一个民族赶进死胡同，与世界为敌。他们的野心多像那把剑呀，一刃砍伤了别人，一刃割破了自己。

君王之心是把剑，人人心中都有一把剑，只是有的把剑藏于无形，有的时时拂拭，曝于光日之下。常人之剑不足惧，功名利禄足以消磨其锋芒，困其一生。胆寒的是君王之剑，偏锋一指，世界为之胆寒。希特勒、东条英机、墨索里尼之流是也。而当下会是谁呢？将来又会是谁呢？

世界太平了吗？世界每一个角落都随时可能爆发战争，中东，阿富汗，巴勒斯坦，叙利亚，乌克兰，世界似乎一刻也没安宁过。霸权，掠夺，仇恨共同交织成一张解不开的网，越来越多的网把世界圈成一块块禁区似的。遗憾的是，隔离网能阻碍脚步，却隔绝不了战争，一颗愤怒的小石头都能把中东的战火点燃。何况那刺耳的枪声、爆炸声，那里的人神经绷得紧紧的，那里的人日夜在硝烟下危如累卵，还得活得如钢筋般坚韧，如水泥般坚硬，让人无法悲伤，无暇悲伤。但对战区之外的人，更多的是没有表情的木讷，看一条新闻和看一则广告无异，谁都不会为天边的枪声倒胃口，频繁的枪声让人变得默然，变得呆滞。世界真的与你无关了吗？在快速打击，一小时内全球到达时代，谁家的屋顶是不穿的盾牌？当然，听到爆炸也没关系，那时，世界已经与你无关了。你永远不知道白宫的主人此时在想什么，他只要轻轻一挥大手，世界就将倒下一大片，伊拉克、利比亚，无不在飞机导弹之下瞬间变了颜色。战争看似遥远，却是悬在头顶的一把剑，随时会落下来。

世界进入核武器时代，进入微粒子时代。以色列这个中东弹丸小国都拥有核武器，当年卫星发现中东沙漠深处掀开地下核发射井盖时，全世界为之震惊。那是人类的潘多拉盒子，是一个装上火箭发动机的魔鬼。一枚像卫星那样的火箭，能把北京、上海这样的特大城市，瞬间变成废墟。世界几个核大国，都拥有这样的核武器，被当镇国利器一样悬在全世界人的头顶。告诉你有一把剑的存在，却不告诉你什么时候会掉下来。越来越多的国家追求步入核武器俱乐部，不为别的，就是想在全世界的心头多悬一把剑，让世界心情更加沉重。

这样灭国大杀器深藏戈壁荒漠、大山深洞或游弋大洋，这些深处的幽灵时刻在等待一个指令。而发出指令的那个人，或许一边品咂咖啡或香槟，轻轻伸出指头，对着键盘输出指令，世界就进入倒计时的黑暗时刻。我多希望君王手中那把剑发出的是和平方舟指令，在世界末日前一刻，带上希望的种子，在宇宙深处开发一个新家园，而不是核武器按钮。

看到武器，我总会想起一些人，那些在战争中作古的人，那些战争的亲历者，那些枪口下的幸存者。

六、演习

那天，一家人正在吃晚饭。突然电视里出现一位惊慌失措的巴勒斯坦母亲，飞快地冲向硝烟升起的地方，一颗以色列炸弹炸响的废墟下埋着她的孩子，她挣脱一位壮汉的手，不顾一切地朝硝烟冲去。出现在她眼前的是一座塌了一半的危楼，尘埃未尽，她发疯似的用手扒开砖头、石块，最后扒到一块粘满血渍和尘土的白绿色布片，可能是她家的一块碎床单，也可能是她孩子身上的一片衣物，就是没见到她的孩子出现在电视画面里。尽管这样的新闻经常出现在电视中，看了这则新闻还是让我无比揪心，我加倍想念自己的母亲。

1996年春，我在前线参演。部队有纪律，没人把演习告诉家人。春节时，母亲却在电话里告诉我，说她知道我在离家不远的前线演习。我惊讶于母亲如何得知消息，尽管那场演习预先有通告，世界尽知；但母亲从不看新闻，她的世界在村庄，在田间地头，在油盐柴米，她不关心村庄外的世界。后来探亲时得知，那阵子，家乡的天空突然来了很多飞机。飞机天天在母亲的头顶上飞，飞机闯入村庄的天空，母亲根据天空的变化，知道儿子就在家门口战斗值班。那阵子，母亲极关心头顶的那片天空，她在田间地头，每天为天空的每一架飞机祈祷，她祈祷天空中每一架飞机平安回到大地的怀抱。母亲觉得光祈祷还不够，她还备上牲礼上关帝庙，求关帝爷保佑，保佑家乡的天空只让自己人的飞机飞。

这一切我无从知晓，那阵子无比忙碌，几乎每天都上机场，这是实战背景下的演习，飞机挂满炸弹、火箭。战机喷着蓝色火焰，奔向茫茫天宇。这些我亲手挂上的炸弹和火箭，将在千里之外的靶场炸响。演习是展示国家肌肉，虽是空拳，每一枚弹药都是人类划在地球母亲肚皮上的钢刀，被圈定的靶区，茵茵绿地，碧波水面，注定是万千生灵的坟墓。炮弹永远不携带法律，也不携带伤痛，它靠速度把这一切都甩在身后。在飞机坦克面前，一切语言都是苍白的。

而我，在风和日丽的机场，闻不到一丝硝烟的气息。战场原本是一场波澜壮阔的历史大戏，却可以没有人的参与，而由炮弹完成人的构想。那燃烧的火焰，那化学的火焰，完成政治与利益的切割，令屠杀与掠夺不再费劲。如今的战场，你看不到贲张的面孔。世界已变得可遥控，万里之遥都能遥控一场战争。唯独我不能遥控自己，还有什么比导弹更快的速度？我是这场演习的前方战士，当我听到一声枪炮声响，呼啸的导弹已把我送至遥远的天国，我来不及痛苦，甚至来不及酝酿要带走一个表情。我能看到的是从靶场回来的机群，队形整齐，如雁阵长空。钢铁长出比羽毛更灵活的翅膀，如海妖的歌声，吸引无数人驻足、仰望，歌声如迷雾一般，让人迷失方向，背后却藏着巨大的风暴，银光一闪，世界一剑封喉，我们成鱼群，抱成一团却无处躲藏，突然，血盆大口如巨大的黑暗，如变色龙闪电般的舌头，瞬间终结。

3 月，闽南已春花遍野。机场草地有一种小黄花，只有指甲盖大小，无味，一夜间如赶一场盛会一起开放。这种小花开得特别含蓄，四瓣对开呈蝶状，细细的花芯吐出蝶的触角，它遍布在草丛中，细微得让人忽略它的存在。工作之余，我常躺在草地静静欣赏它们。这细碎的小黄花，连蜂蝶都不屑光临，它缺少引人的蜜；只有更微小的蝇蚊爬上花房，即使都没有，还有风的帮助。我怀疑，这连片的草地下，它们的根系一定连在一起，它们是一个家族，靠群体的力量传递生命，结成燎原之势。这个星球，总是最细微的最顽强，最抢眼的顶端最脆弱，种群接连在星球上消失。鲸的集体自杀，传达的正是强大的负面，犹如蚂蚁吃掉大象一样，给人的都是反经验。

我躺在草地上，我何尝不是一朵小黄花。我在前线，却不知何时头顶会落下来一枚导弹、炸弹，就像身旁这小黄花，不知何时头上有只蹄子或一根坚韧的舌头。战争的决定权不在一线士兵手中，我们只是兵蚁，忠诚于自己的王国，自己的巢，或为蚁后的一个决定，时刻为一场突然到来的战争不惜牺牲自己。

2001 年 9 月 11 日那个平常的午后，新婚待业在家的我，突然被插播的电视新闻震惊，一架接一架的飞机向摩天大楼撞去，一个帝国的大厦瞬间化为一堆尘土。帝国的骄傲葬身于仇恨的火海。1991 年 1 月 17 日的深夜，是巴格达居民惊魂的一夜，呼啸而至的巡航导弹，点亮人类文明古巴比伦王国的夜空，人类文明如夜空礼花般散落、破灭。世界清楚地记得四个月前，这个国家觊觎别人的石油，举兵吞并邻国科威特。这个轻率的举动，把这个国家的人民带进苦难的深渊，从此战火不断。2003 年 3 月 20 日清晨，以美英为首的联合部队再次打响伊拉克战争，彻底把这个可以躺在油桶上睡觉的国家打垮。最终，一代暴君走上断头台，但战火并没有结束，分裂、派别纷争不断，一个原本富足的国家内外交困，街头每天都响起爆炸声，至今没有停歇。仇恨不仅来自外部，更来自它的内部，多少战火频发的国家都缺少以色列的团结。这个饱受战乱、差点被灭族的犹太民族深知家园的来之不易，团结，奋进，国土面积从 1948 年建国之初 1.52 万平方公里，到目前实际控制面积达 2.5 万平方公里，成为中东乃至世界的强国。在电视上，你看不到一个以色列人走上街头，埋怨自己的国家和制度，进而揭旗另立山头，倒是它对立的巴勒斯坦，内部派别林立，纷争不断，硝烟不止。

武器是国家意志的拳头。不同的国家，用相同的经济技术，用同样的核武器和导弹向别国示威，像退潮后的招潮蟹，永远挥舞着它的拳头。领土、资源加上霸权，世界永无宁日，最后都靠拳头说话。

我是一名武器的操作手，又是一名前方战士，我发动不了一场战争，更不知道下一场战争何日来临。我是只兵蚁，得日夜守住我的巢，守住母亲的天空。像身旁这朵小黄花，虽细微，也得为春天添上一抹祥和的色彩。

我每天都和弹药在一起，但我庆幸，我每天都是幸存者，在战争来临之前，我们都是幸存者。每一场战争，无辜死亡百姓总是超过交战军队的总和，枪林弹雨中，没有谁能独善其身。

我在机场仰望星空，那蔚蓝星空仿佛藏着我的前世今生，那是我过去的家园。蓝色，是多么安静的色彩。如神的家园，蓝色有天然的神秘色彩。你看，那无尽的太空，蓝得深邃、禅定，越深越蓝，一直蓝到黑为止，充满想象。我猜想，上帝在那个深空睡着了，它没听见人间的枪声。

七、上帝的方程

对，从太空俯瞰这个星球，人间伊甸园也是一片蔚蓝。然而，这一切需要距离来保证。导航图上，斑驳陆离，如一个毁容美人，只能远观，不忍近看，更不忍细看。越近俯瞰人间，蓝得越浅。土地不断赤贫、荒漠，越来越多的赤潮、死海，几近于锈迹。改变这一切的不是别人，正是我们自己。人类手中的笔，把这张蔚蓝的色调，调成泥乃至锈的颜色，坚硬，颓废，死亡。

科学家习惯把地球诞生至今比作一天的二十四小时，人类出现的300万年则相当于最后一分钟，并成为这个星球高等智慧的最终住户。难以想象这群伊甸园的逃犯，只用一分钟甚至更短的几秒钟就把一切破坏得凌乱不堪，到处是战乱、破坏留下的不成比例的失败的场景。人类一思考，上帝就发笑。这笑是冷笑。是的，如今，上帝带着冷笑在天堂中酣睡。待他醒来时，重新打量一眼人间，他老人家恐怕会笑不出来，他会被这伊甸园来的逃犯的惊人篡改能力惊呆。

我喜欢看纪录片，看动物世界，看狮子吃掉角马或斑马，看大鱼吃小鱼，这种为生存的生杀过程看似血腥，只是食物链的生杀循环，我不觉得是种恶，反而是一种善，它使种群健康延续，维护一种大平衡。金木水火土，相克又相生，这种宿命是上帝的方程。人间的一切都有它原有的法则，都是上帝的方程。上帝的方程是一道自然的巨大等式，无论如何此消彼长，最终都是Y＝X。如今这道方程不再是等式，上帝的方程正被修改，它不再是等号，而是小于号，人类在上帝休息时，悄悄改变了这道方程等式的一边结果。人类只能改变等式的一边，人类无力创造自然，我们是这个星球的消费者，从来不是创世者。等式的一边永远拽在上帝的手中，而我们在为等式一边不断忙碌。往大的方面说，我们无力改变宇宙的等式，我们只能改变上帝设定的方程。

蔚蓝的海，那是生命的子宫，那里的每一滴水都是孕育生命的羊水。从安徒生里的海，再到电视中的海，无一不让我向往。红树林海滩，海鸟的翅膀，把夕阳挂在棕榈杈叶间，海岸一片金黄。正是退潮时分，海滩上留下一些新贝壳，一些没掌握潮信规律的小生灵滞留在浅坑内煎熬。海风拂面，海水微凉。我想象暮色下的美人鱼，此时是否在大海的某个孤岛上，欣赏这轮金色的夕阳？那些弧形的翅膀，一定是她放飞的风筝。我相信童话，是我对这个世界心存美好，是我对最初家园一种还原式想象。但我知道，童话只是虚拟的心灵土壤，真实的世界都住在童话的对立面。手中这捧微凉的海水，它是生命的土壤，它是生命的根，并持续提供生命的盐。但在科学家眼里，它还是未来能源。这些可用来灭火的水，竟会变成火。

海水有未来能源——氘。一公升的海水里含 30 毫克的氘，在完全裂变的反应中这些氘和氚可释放相当于燃烧 300 公升汽油的能量。上帝给我们的是一瓢海水，经人类一修改，就变成了 300 公升的汽油。这千古秘密被揭开，似乎可以让人类对未来吃下一颗定心丸。但事实并非如此，人类对未来总怀有末日的恐慌。谁来保证失了全部的氘的海水还是原来的海水？比氘更先发现的是铀，1789 年由德国化学家克拉普罗特从沥青铀矿中分离出。一克铀相当两吨半煤的能量，一公斤铀具有 18000 吨 TNT 当量。经过半个多世纪的探索，人类并非把铀用来造福自身，却先成功地造出原子弹这种大武器，直到十年后，苏联才建成了世界上第一座奥布灵斯克核电站。事实上，人类用铀造出来的核武器远比造福人类的核电站多上千百倍，至今成为大国角逐的最后王牌，成为悬在所有人头顶上的一把末日利刃。

我不喜欢“发明”这个词，我觉得它不准确，人类没有发明的能力，一切都是发现，所有探索的结果都是一场发现。人类从矿石中发现了铜，一个辉煌的青铜时代就诞生了。人类发现了铁，人类走上了农耕文明的鼎盛时代。每一次发现都有划时代意义，都是对这个世界本源的发现。人类一直不断努力接近这个真相，以薪火传承的智力叠加，打开这世界的本源，解开上帝方程的万千答案，并随心所欲地加以改变。一座高坝垒起，洄游之路就被切断。一座矿脉的发现，一座山就将被掏空。煤和原油被发现，连天空都被改变。上帝方程等式的一边结果经人类一篡改，钢铁变得比羽毛更轻、更远，这一切超出上帝的想象。

只有没发现的谜团，没有解不开的谜——氢氦锂铍硼碳氮氧氟氖钠镁铝硅磷硫氯氩钾钙钪钛钒铬锰铁钴镍铜锌镓锗……这些世界本源被一一发现，被一一分解出来，并被重新排列、组合，世界越来越面目全非。科技每前进一步，都助长人类的野心。人类从未止步，现代科学已经把物质分解到比中子更小单位的夸克，甚至找到宇宙诞生之初的原始证据——引力波。从一个个微小粒子中，窥视宇宙的终端秘密。人类在无尽接近真相，宇宙的真相。相信有一天，能找到时间的轴线，并乘上时光的飞舟返回原点，拿到一把万能的钥匙，把宇宙的秘密重新打开。

我惊异于世上一切微小的事物，越是微小越是可怕，它们都有一股原始的惊天力量，这是造物主的力量，是神的法力，那个坚硬的核无比坚固。如今这个核已被打开，人类可以从一块矿石中随意取出一个铀原子，再从铀原子中取出质子、中子、夸克，钢铁可以像一块豆腐一样被随意切开。世界上没有打不开的核。或许某一天，所有的核都被打开时，世界就失去了支撑，一切都会坍塌，留给宇宙留给神一个巨大的黑洞。上帝的方程被一改再改，可怕的是，修改过的方程再也回不到原来的等式，世界的命题已被永远篡改——蓝天、白云、草原、森林、湖泊、河流……正一一远去，或奄奄一息。取而代之的是荒漠、沙尘暴、雾霾、遍布壕沟和导弹发射井。开弓没有回头箭，人类只能循着这条道走到黑，地球表面到处都是爬动的钢铁甲壳，把人心武装得比铁还硬，还冷，没有什么能填平越来越大的沟壑，终有一天，伊甸园的善恶树上会长出一把刀来，像那不断暴发的超级细菌，阴森森的，生吞一切。

这一切，不管是科学先锋的探路者，还是普通大众，都是这个世界的原罪，没有谁不从现代成果中分得一杯羹汤。死亡超越了生长的速度是一种罪，过度需要是一种罪，消耗就是一种原罪，对这个星球没有谁能洗刷清白。

巨大的星球，日行万里，而我们却听不见它们些微的动静，我们只感受到光的温暖，无法窥测那惊天动地的生成与裂变。每次遥望夜空，总能看到流星划过天际。或许我们看到的那一束微弱星光时，发出光波的恒星已在浩瀚的宇宙深处消失。伽马射线暴每一次点亮夜空，意味着一个老恒星的死去，一个或N个恒星的诞生，宇宙是个充满敌意的地方。我们就是从那充满敌意走来，我们是宇宙的幸运儿，我们每天都飘浮在宇宙之中，又被千万个引力抓手牢牢牵住，我们是宇宙的旅行者，我们的家园始终处在一个幸运安全轨道上。这是否意味着我们也带来了原始的恶意，在这个星球上任性地纵容自己？或者，我们永远在逃亡的路上，慌不择路一路践踏，还来不及悔罪？地球是一座教堂，考验每一个人的修行。

不管如何，结果还得我们共同去承受。然而，地球只不过是太阳的一颗卫星，太阳又只是银河系中的一颗恒星，而银河系也不过是宇宙中的九牛一毛而已。我相信在某个星际上还有一个更加生机盎然的家园，人类能在改变上帝方程中，求得一个永生的解，带我们逃离末日的来临。

2015-01-31 定稿于平和小溪

我只是路过

那年夏天的鹰潭火车站特别热，大中午的，连一丝风都没有，可怜广场外的那些绿化树，像下锅炒过的茶叶似的，软软地垂下枝条，像一排瞌睡的老人。

我和同学姚忠兴以及薛强三人急着赶路，无心欣赏这些景色。我们军校刚毕业，要回老连队报到，急着去车站签票换乘去杭州的列车。我们买的是通票，却不是直达，要在长沙和鹰潭签两次票、倒两次车。赶上暑假的学生潮和打工潮，列车没有空调，又挤又闷，车内连空气都飘着汗珠。从河南信阳一路南下到鹰潭，二十几个小时颠簸下来，我们比广场外的绿化树还蔫。

薛强在长沙签票时还被扒手摸空了口袋，情绪低落；姚忠兴虽是我们篮球队的中锋，但除了在球场，平时就是一个瞌睡虫，签票的事责无旁贷地落在我的头上。我拿着三张票直奔签票窗口，留下他俩在车站外看行李。

站内每个窗口都排起了长龙，签票窗口人少一些，我捏着三张票静候在队伍后面，前方只有二三十人，十几分钟就能轮到我。

突然，有人拽了我一下，抬头一看，一个年轻的陌生人站在我对面，我手里的三张票莫名其妙到了他手上。票没了如何了得，我一把抓住对方的手不放，我们僵持在一旁。

“兄弟，跟我去吃饭，照顾个生意，我们饭店就在广场对面。”他指着站外空旷的广场说。

“把票还我，饭我们吃过了。”我特意强调了“我们”，就想让对方明白我不是孤身一人，身后还有“我们”。

这时又围上来四个陌生的年轻人，一看就知他们是一伙儿的。他们说：“去吧，出门在外要懂规矩。”

我还抓住对方不放，我想我一个穷当兵的，怕啥。就在我稍一犹豫之时，对方用力挣脱了我的手。

“不忙，就是要吃饭，也要先把票签了。”

“你先去吃饭，吃过饭票我们帮你签。”

“不行，先签票，后吃饭。”

这时他们根本不听我的，他们转身就要离去，票在他们手上，这时我面临一个选择——要么放弃这三张票，重新买，要么跟他们走，争取把票要回来。重新买票，我们一人还要掏 43 元的车票钱才能到杭州，关键不只是这每人 43 元，票没了，我们没法报销，这样我们一人得损失 160 元。这可是个不小的数目，当时能买半头猪，毕业前我们每月津贴只有 35 元。何况薛强在长沙被摸空了口袋，这钱得靠我和姚忠兴摊。我不能平白无故地损失这笔钱，我赶忙追上他们，说：“我还有两个同伴，我问问他们要不要一道去吃饭。”

薛强和姚忠兴看我领着一帮陌生人回来，很是吃惊。我说：“他们请我吃饭，吃完饭帮我们签票，姚忠兴你要不要去？”说完，我朝姚忠兴递眼色，我希望他此时明白我的意思——我问他去不去是经过审慎考虑的，我们只有三个人，必须合理分配兵力。薛强经长沙一劫已是惊弓之鸟，他正适合留下看行李；而姚忠兴是篮球队的中锋，个儿大，体魄健硕，他站出来可以给人一种震慑作用，毕业前百米考核时，他和我一样都跑了十三秒零三，这样的速度应付眼前几个“小蟊贼”应该没问题，何况我并非叫他真去，只想让他跟我走一段路，快到点时他就得回来，我肯定会借故让他回来，这样万一我长时间没回来，他即使报警也有一个更明确的地点，缩短警察寻找的时间。

“我不去。”这个傻大个儿铿锵有力地拒绝了我。我一时傻眼，但我想要回这三张票，只好硬着头皮跟他们走。我跟着他们走到车站广场尽头，他们继续带我拐进一条小巷，继续朝前走 300 米又拐进另一条窄巷子，进了一个不起眼的民房后，他们又带我到了一个地下室，这样七弯八绕，东西南北我都分不清了。

地下室尽管开着灯，但还显得有些暗，一阵清脆的声音传来，我从窄梯下来方才看清，原来有两桌年轻人在搓麻将。他们有的胳膊打上石膏绷带，有的腿上打着石膏绷带，一个个一脸流里流气的样子。看到我进来，他们齐刷刷扭头看我一眼，转眼就回到麻将桌上去了。眼前哪有饭店的影子，我心里一凉，才明白自己来到一个什么地方。

这时我不能慌乱，尽管到了人家地盘，但我觉得自己的安全还是有保障的，我对眼前的形势有自己的判断，我看准他们只是要钱，不会要命。我必须“先发制人”，我不慌不忙地从口袋掏出一包三五牌香烟，那种进口的纯三五（当时流行进口烟），那是我离校前难得给自己摆一次阔。我给在座的每个人递烟，递完烟，我对那个夺我票的人说：“我们三个是军校刚毕业的学员，急着要赶到老连队报到，江湖的规矩我懂，原本是该照顾兄弟生意的，可惜我在长沙签票时被人抢先掏了口袋，只剩三十几元，我留下 20 元签票，剩下十几元给弟兄们买包烟抽，咱们交个朋友，日后路过宝地，再来照顾生意，请把票还给我。”其实我两个裤兜一边揣着 300 元整数，另一边揣着三十几元零钱和一包烟。我不能向对方说实话，但我要先向对方亮明身份，其次表明态度，再次说明苦衷，有这三层意思，我想对方断不敢为难我。加上我还编造说，我们沿路有军代表接待处，人走失了一定会有人查。我把军队这个靠山搬出来，我想在和平盛世，没有人敢和军队开玩笑。

那人自我介绍说他姓苏。他先狐疑地看了我一眼，我才明白，自己显摆穿了一件金利来 T 恤，这还是我上学前，连队共建单位娃哈哈在“八一”建军节送来的慰问品，一直没舍得穿，在军校更没机会穿，头次穿它就被人盯上了。我装着掏烟时，从口袋掏出士兵证和学员证，在顺着递烟时在苏的眼前晃了一下。苏吐出一口长长的烟雾后，说：“不急，敢来就是我的兄弟，我们不偷不抢，说吃饭就是吃饭，吃多少在你，没别的意思。”说着他递来一本菜谱。我说那好，我照菜谱点了一个木耳炒肉刚好十元，又点了一碗米饭五角，我从口袋掏出一张十元，又掏出一张五角给他。苏收了钱，转身支人上街买菜。在上菜空当，苏和我胡侃，他说起这帮兄弟光荣负伤的“光辉事迹”，说他们黑白通吃，说着说着，竟和我称兄道弟起来。

很快买菜的人回来了，一会儿就端上了一盘木耳炒肉，还有一碗白米饭。我赶忙动了几下筷子就放下碗说：“得赶紧签票去，

我怕我那两位兄弟等急了。”我想他懂得我的意思。苏没坚持，他说：“好。”带着刚才几个人陪我一块儿原路返回车站签票。到广场时，我又碰上一伙儿人要拉我去吃饭。我转身问苏：“你看，咋办？”苏对那些人说：“滚，我们的人。”那伙儿人就走了。再往前走几步，刚好遇到姚忠兴，他正向警察岗亭走去，远远看去，似有个警察坐在封闭的亭子里，姚忠兴被我叫了回来。

到了车站，苏直接挤到窗口，还帮我签了三张有座的票。他们愉快地和我挥手作别时，薛强和姚忠兴惊恐地在远处看着我们。进站后，我看这伙儿人还在广场上徘徊，或许他们在等待下一个“我”，或许他们要等我离开才放心。

到连队后，我还是向当地政府写了一封信，告诉我此次的遭遇。

2014-10-19 于平和小溪

楼下的哭声

正午的蝉声正闹时，全连开始进入午休。突然传来一声很刺耳的哭声，是一个女人的哭声，接着，另一个孩子的哭声也加盟其中，一高一低，此起彼伏。听这哭声，音量高，但不惨烈，不紧不慢，像是一场刚开锣的戏，一下把营区笼罩在哭泣的氛围之中，连那闹人的蝉声也多了一分悲鸣的成分。

安静的营区原本有些空旷。在这清一色的男人世界里，这女人和小孩的哭声像一堵墙，横亘在我们的睡梦边缘，让人睡意全无。我很惊讶，大中午的，谁在楼下"诉冤"哪？我想起来看个究竟，寝室的老余制止了我，他说："一分队老王家的事，你凑什么热闹？"

我军校毕业刚回老连队才三天，连队的情况我陌生得很。但老余的话，让我想起午饭前楼下的那个胖女人——她两腮酡红，脸给人感觉很大，都是肉，一个平面似的，鼻子、眼睛、嘴巴都被肉包围了，就成了几个点点缀在脸上；头上梳着一条大辫子，那件碎花衬衫穿在她身上明显显得小，紧紧勒住腰间那坨鼓鼓的肉。这件衬衫薄而透明，那白色的胸罩很扎眼。她一脸呆滞地坐在水泥条凳上，身旁坐着一脸邋遢的小女孩，小女孩只有六七岁模样。我熟悉这样的形象，这对母女就像是我乡下的大嫂。

小别胜新婚，印象中，连队那些干部、志愿兵，凡是家属来队期间无不一脸春风，整个人掉进蜜罐一样，说的每句话都蘸着蜜透着甜味。这时的老王一家三口子应该沉浸在其乐融融的幸福时光里才是。老婆孩子为何会在楼下大哭？怀着强烈的好奇心，我还是起来看个究竟。我从三楼走廊朝楼下探头看，只见老王在一旁拉着孩子，劝她不要哭，却被孩子的母亲拽在怀中，不许她父亲碰。指导员在一边劝老王的家属，却怎么也劝不好，她母女哭声越发高亢，二楼和三楼的走廊上，越来越多的人探头观看，指导员朝大家一打手势，又各自回到房间里。

老余知道这场哭没个把钟头不会收场，知道午睡泡汤了，便干脆坐起来，不睡了，他和我聊起楼下的事，聊起老王的这桩婚姻。老余和老王分别来自安徽和苏北的农村兵，老王比老余还早入伍一年，如今他俩都是马上面临转业的老志愿兵了。老余说，对农村孩子来说，考不上军校，转志愿兵就成了农转非的唯一出路，转上志愿兵就是鲤鱼跳龙门，那是命运的一次大转折，是人生的大喜事。为此，谁不为自己拼一个农转非而竭尽全力，多少人当了半辈子的临时工，就想转上一个正式工，成为国家工人，从此告别一个农民户籍。当时老余和老王都是这个心思，才转了志愿兵。但当时老王在转志愿兵时有个麻烦，他入伍前谈了一个对象，就在他转志愿兵当口，老王想和对方断绝往来，他不想拖个农民户口的过日子，想重新找一个城里的，起码是居民户口的，他想和农民身份彻底告别。可是对方不愿意，她哥在部队当过兵，知道部队情况，就告诉他妹说，像老王这样想当陈世美的人，只要把情况告诉部队，他就转不成志愿兵。这个妹妹听了哥的话，到部队一闹，老王就有一道选择题：要么退伍；要么转志愿兵，但前提是他必须和这个女子结婚。老王选择后者，同时也吞下了一颗苦果。今年老王要转业，不知为何，老王在这节骨眼上旧事重提，还要和对方离婚，对方不同意，又闹到部队来了，这出戏和当年一模一样，只是多了一个孩子参与其中。

我也正处在谈对象的年纪，老余的讲述，让我陷入沉思。我觉得这桩婚姻一开始就是错的，错就错在他们原本不该相识，才不至于一错再错。错就错在这个女的认死理，一辈子只认老王一个，非要一条道走到黑；错就错在老王一心想鲤鱼跳龙门，更错在跳了龙门后的老王有新想法，错在老王当初有新想法后还首鼠两端，鱼和熊掌都想兼得，错在老王到转业当口又有新想法；错在这个女的有个当兵的哥哥，对部队的情况太熟悉。

正当我大发感慨时，老余说："你这小年轻知道个啥？婚姻是一条船，没到岸，谁敢说对与错。"老余的话提醒了我，对他人的婚姻，知道得再多也是隔帘看戏，我们只清楚台前看到的那一出，幕后还有多少精彩大戏你是无从知道的。但老王家这台台前大戏实在精彩，甚至发展到把我们都搅入戏中，以至于我们都成了戏中人。

后来那个女的，几次横躺在楼梯中间，每到开饭时间就躺在那里。老王住二楼最里间，她可能是想堵住老王的去路，却把我们二楼和三楼的几十人全堵死在楼上。我几次走到那里都不得不停下脚步，跨过去也不是，跳过去也不是，看到她，让我左右为难。要是他俩不闹，见了她，我还得毕恭毕敬地叫她嫂子，可是现在，这个嫂子成了我难以跨越的一堵墙，挡住我的去路，挡住大家的去路。好在我们和四中队同住一个大楼，大家还有一个"退路"。二楼和三楼的人只好绕道走，大家决定从四中队的楼梯走。

我们可以绕开她这个人，却绕不开她的声音，待大家从食堂回来，正当午休时，她又在楼下号开了。而且只要一开腔，绝不会一时半刻有刹车之势，整个连队又被她们母女俩的哭声包围了。后来，发展到早中晚都有哭声，只要开饭铃声一响，她们母女俩就开始哀号，那声音拉起腔调来，很是悲惨。我想起农村的哭丧，三餐开饭时都要放开大哭，这对母女多懂得利用习俗呀！她用哭声把全连的人心都搅乱了。

这可苦了指导员和老王，每次都得苦劝，却均无效果，就不劝了，任她哭。她可能发现自己的哭声效果不明显，只好回到二楼和老王闹。这次她改变了策略，她清楚自己的问题不在其他人身上，而在自己家老王身上，其他人不可恨，可恨的就老王一个，她不想就这么便宜了老王。那次，她趁老王不注意，一把抓住老王的命根子，像武打片那样，牢牢抓住老王的命门不放。她觉得男人最可恨的最不牢靠的就是这玩意儿，你变心，不就这玩意儿想造反吗？“哼，我干脆废了它。”那女人当时可能就这么想的。听老王同寝室的小赵讲，只听老王惨叫一场，当时一脸铁青，豆大汗珠瞬间从额头冒出，整个人呆在那里，那场面惨不忍睹。所幸他在场，并及时上前施救，才使老王幸免“被废”。后来，老王对她也加强防范，她很难袭击老王，正面进攻又占不了便宜，又在楼下哭开了，碰上机会也会打一仗。

双方闹到这份儿上，部队不可能不管，再不管就真的出人命了。她和老王的家事就成了连队的事，成了部队的事。那段日子除了老王，最苦的当数指导员。指导员是政工干部，他就管这些军事训练之外的犄角旮旯之事。他知道自己无力劝解这对“冤家”，就向营团领导反应情况。团里派个股长来帮助他一块儿做老王家属的工作。每到楼下哭声响起，那位股长和指导员一起，把老王家属劝进值班室里，还从食堂端来热腾腾米饭，在一旁轻声慢语地劝：“嫂子，你先吃饭，天大的事，先吃饭再说……”我看他们配合默契，一板一眼地把工作做得十分到位。

可是老王家属不配合，她不领这个情，始终一口饭不吃，坐在一旁哭个不停。她对自己的困境无能为力，只能用哭泣表达。被掐之后的老王对离婚问题更不松口，她拿老王没办法，只好用哥教的方法，继续闹下去。在连队闹不出大动静，她干脆跑到师部大楼门前闹。大中午，她一人横躺在大楼前，一动不动地躺在那里。这下可把指导员吓坏了，师部大楼是首长进出的地方，若把连队的糗事闹到那里，那可如何是好？他赶紧派四名战士去把她硬请回来。分队的彭茅回来说：“那手上脚上都是厚厚一层灰，我们都抓一把树叶垫着才敢抓上去。”听了这话，我倒不觉得她脏，身上的灰都可洗去，心灵的锈却难以除净。

部队也受不了她的闹，决定派人把送她回家，可送她回去的那位股长刚回部队交差，她也回到连队又和大家见面了。如此三番五次下来，就像一个老上访户一样，她和部队之间展开拉锯战。

对于她，婚姻就是她的全部，她绝不放过老王，她手里还捏着老王一张牌——孩子。在僵持不下的时候，孩子就成了她最后的手段。她当着老王的面，抱着孩子要从二楼跳下去。老王可以不理她，却不能不理孩子。他不能拿孩子来下赌注，谁也不敢把一个孩子的生命压在一个失去理智的女人身上。为了孩子，双方在连队上演一场又一场大戏。

看到老王家闹到这份儿上，同住一个寝室的老兵陆正冲说了一句引人深省的话：“婚姻是一件湿衣服，穿上身容易，脱下来就费劲了。”

从老王的情况看，他穿上这件湿衣服不但费劲，而且还很被

动。老王一直在被动应战，他不希望把事情闹大，他觉得家事就是私事，就应该坐在家里协商解决，坐在房间里静静地协商，而不是把所有人都闹得鸡犬不宁。但他又不能和她一道回去，他知道回家更厘不清他的婚姻，她一人就这般厉害了，何况她还有娘家一帮人做后盾，老王一直躲在部队，想躲过这段纠缠，好让他俩的婚姻无疾而终。而对方想法正相反，她就是要把自己和老王的家事闹大，闹到老王无地藏身，闹到他回心转意，闹到他乖乖跟她回家。

我被这场突如其来的婚变惊得目瞪口呆。看着这只剩下一个空壳的婚姻，竟还继续以命相搏下去，让我觉得他们从一开始，就给婚姻戴上一具双人枷锁，她愿意为它扛一辈子。这具枷锁没有钥匙，从结婚那天，她把钥匙丢进风里，一生无解，无论对方怎么挣扎。

老王无奈，坚决躲在部队，直到他转业那天他都没回家，而选择去深圳打工。这和他当初转志愿兵时的初衷，希望当一辈子的国家工人的愿望南辕北辙。

2014-08-15 于平和小溪

谁在楼上敲地板

分队长老王的家属明天来队，听到这个消息，分队的十几个人都很兴奋，大家一块儿帮老王收拾二楼的台球室，帮忙把台球桌抬到一旁，把四周窗户糊上报纸，再帮他抬两张床拼在一起，大家一块儿帮老王搭个临时的新家。

台球室是全连的娱乐场所，比我们三间宿舍还大。老王找不到临时住房，只好暂时安顿在这里。大家一块儿帮老王擦窗户，搞卫生，挂帘帐，又帮他把黑白电视调好，把锅碗瓢盆拿来，一一归置到位。楼上楼下的空气被搅动起来，喜滋滋的。在部队时，家属来队的消息，就像会传播的花粉，轻轻一吹，整个连队的空气都会掀起一阵阵小旋涡。

这次分队长老王的家属来队，让我们全分队都沉浸在喜悦之中，大家说不出原因，觉得嫂子来队就是一件大喜事，大家自然开心。我们连队的干部多，志愿兵也多，两者相加超过全连半数。干部和志愿兵大都已成家，隔三差五的就有家属来队，感觉有家属来队就好像有个临时的家一样，周末时，一个分队里的同志还能到这临时的家里“搓一顿”。见老王的家属来队，分队里的干部和志愿兵尤其兴奋，他们和老王嬉笑怒骂，插科打诨。志愿兵老陆说：“最近天热，窗户糊得这么严，老王你要注意降温呀。”“我那有枸杞酒，待会儿我给你送来。”分队干部老吕说。

老王并不接话，他笑嘻嘻的，一边给大家发烟，一边给大家拿水。老王是地道的上海人，平时日子过得精细，牙膏挤不出来时，他会在瓷砖棱角上反复刮蹭，牙膏皮被刮得和纸一样薄时，他还会用牙刷柄去推挤牙膏头，没见过谁把牙膏挤到丁点不剩。这些天，家属要来队，老王一下变得很慷慨，口袋里常揣着几包好烟，见人就发烟，跟换了个人似的。

翌日，王家嫂子来队，连队反而平静，没见谁开老王的玩笑，见了嫂子大家也都彬彬有礼，年轻的战士还一脸羞涩的样子。隔天早晨，正好全连组织条例学习，其间，老王给大家发烟后说：“昨晚是哪个小子在楼上敲地板？吵得我一夜没睡。”

老王话没说完，分队老吕和老陆几个就坏坏地大笑起来，我们被笑得一头雾水。老王说，肯定是老吕老陆你们几个使的坏，隔一会儿敲一阵子，隔一会儿敲一阵子，弄得我家属都不敢睡，开始我们以为是老鼠，后来一听不对，肯定是楼上敲东西，应该是台球或者是榔头敲的声音。老王话没说完，老吕就问：“节奏对不对？这个节奏还行吧！”

听老吕这么一说，大家心里也明白八九分。当时我们是一帮尚未成家的小战士，心想这老吕他们真是坏，人家家属大老远来，难得团聚，还要搞这恶作剧来闹人干吗？心想，这可能是他们之间的一种游戏吧。多少年来，我一直对此不理解，成家后依然不理解，直到有一天，我看到电视上一档动物世界的节目，突然明白，其实每个人心中都有一个兽，那是每个人心中一种集体无意识表现。听到老王家属来队，我们不是一样也表现得有些兴奋吗，只是我们不是过来人，虽混沌未开，但生命深处的那个无意识像一只正在醒来的兽，捕捉到这风中的信息时，我们也会莫名地高兴，在心灵深处莫名地手舞足蹈；而他们过来人，就不仅仅是高兴，他们还有一些更具体的表现，恶作剧的表现只是其中之一。

我想起电视上的驯鹿，想起9月。9月的大兴安岭北部草场，是驯鹿的季节。夏季的草场让每一头驯鹿的体能充沛，小鹿长大了，母鹿进入新一季的生命繁衍期，空气中飘着雌激素，随着秋风掠过山冈，雄鹿们变得躁动不安，不停地打斗，本能地打斗，不为领地。整个草场都是战场，这场打斗旷日持久，直到对手一个个败下阵去，直到首领诞生。胜利者昂起高贵的头，不断朝森林吼叫，宣布王者的号令。战败者在一旁喘息，或找一丛灌木重新磨砺头上的角，还会找个战败者再打上一架，虽然一切于事无补，但也要把信心重新找回。生命的延续原本就是一场打斗的盛事。

草场和森林绿意盎然，生机勃勃，树上的果子在雄鹿的打斗声中进入成熟期。这时，成熟只是其中的一个隐喻，有关生命的隐喻。打斗结束只是另一场追逐的开始，野蛮、暴力都是生命延续的前奏，这是旷野的故事，看似野蛮的角力背后，确保了优良基因的传播。何止驯鹿，还有森林狼，非洲狮群，包括一切野性的世界。靠锋爪坚角建立起来的秩序，不需要语言，更不需要伪装，只需要旺盛的荷尔蒙，看似野蛮，其实公平，一切都受制于自身实力，受制于原始的野性。首领把自己的基因分配到每头发情的母鹿身上，其他战败的公鹿在一旁窥视，寻找落单的母鹿或首领疏忽的机会，或继续打斗发泄自己的不满，整座草场和森林

都陷入一场躁动之中。

人类已经回忆不起这久远的荒野狂欢，人类从直起身子走出森林那天起，文明开始销蚀自身的野性，人类自身进化的文化基因是一根绳，越拧越紧，它深入我们的血液，成了基因链的一环，日益牢固地捆住心中那只兽。年深日久，这只兽不习惯见光，它一直潜伏在幽暗的角落沉睡。但它从未消失，随时可能醒来。可能连老吕、老陆他们都不知道，他们的恶作剧是心中醒来的那只兽在作怪，但它带着链条，也不完全清醒，只是一种无意识，所以只是一场恶作剧，并不伤人。

老王知道是手下弟兄的一场玩笑，他听老吕他们的坏笑后，也哈哈一笑。当天晚上，老王请分队弟兄们吃饭，再也没听老王抱怨过吵闹之事。

2014-08-03 于平和小溪

兄弟在等我

没想到军校毕业后，我被分回原来的老连队。当我安置我的行李时，发现那张床是我原来的床！这等于我回到出发的原点。这几年读军校不过是出去画了一个圈。更令我没想到的是，我会与后任连长重新展开一场没有结束的追逐赛。在前面跑的那个人仍然是我，原来的连长已经是营长了。可在我的身后，仍然有继任的连长在追我。

但这不是简单重复。当战士时连长追我，那是因我抗拒不了杭州的美景、美食，更抗拒不了西湖的断桥，还有那一场雨。那时，我觉得那些美食美景每天都在等我，父亲的西湖在等我，还有那一场雨也在等我。如今，杭州那些美食与美景已从内心退场，父亲的西湖早逛遍了，那场雨早把我浇透了，我对杭州的念想也早已淡了，我长大了。代替美食美景还有西湖的是我的兄弟姐妹，他们从闽南那偏僻的乡下到杭州觅食来了。

我非常反对亲人们扎堆在同一个城市，我希望每个亲人都是一颗种子，撒向全国各地那该多好。那样，我在每个城市都能找到一个亲戚，这些城市就显得亲近了。但亲人们和我想法不一样，他们喜欢抱团取暖。先来找我的是堂妹，接下来是三弟、四弟，再后来是大哥大嫂和一个堂弟。他们全都目标明确，奔我而来，好像找到我，就找到了一把明天生活的钥匙。

我的那些兄弟姐妹说，城市是块吸金的磁铁，磁铁周边有捡不完的金子，大家都不由自主地被吸到城里来拾金。但来的人太多，闹哄哄的，刚来的人都像浮萍，没有根基，扎不住脚。他们要借力，把脚扎到这钢筋水泥般的地面上，分得一杯羹，取暖，果腹。先前，我的大哥去过东莞、深圳；两个弟弟到过厦门、福州；堂弟、堂妹到过汕头、珠海。他们没有一个人在那个城市拾到金子，反而一个个碰得灰头土脸，逃回家乡。

我不认为兄弟姐妹来找我有什么不对，骨肉至亲，他们不找我找谁去？这样我为自己每天外出找到坚实的理由。我的兄弟姐妹都是开面包坊的，大哥说光在他落脚的那个黄家村就有七八家面包坊，同行都是冤家，兄弟你不来，同行们就来，轻的撵人，重的打人。那天，我三弟在送包途中，在一个叫弄口的地方，被突然蹿出的三个人截住去路。当时三弟的三轮车上装着满满一车刚出炉的面包。这两千多个面包，是十几个工人加班了一宿赶出来的。他们必须连夜加班，因为三弟的面包店刚开张不到三天，连烤箱、面粉、配料都是赊来的，这些原料只够生产三天。只有把前三天赊来的原料都换回钱来，还上旧账，才能赊来新的原料，才能保证下一个三天的生产，保证十几个工人都有饭吃。所有的环节都像机器的链条一样一环扣一环，不能在任何地方卡壳。现在，我三弟在弄口卡住了。

这半路上杀出的三个人扭住三弟的车把手，还扭住弟弟的胸口，把一箱一箱的面包倒进路边的臭水沟里。三弟虽弱小，又是一对三，但他的面包被倒进臭水沟，就是他的生活被倒进了臭水沟，就是他的未来、他的孩子被倒进了臭水沟。三弟和那三个人扭打了起来，结果，三弟被打得头破血流，连三轮车都掀翻了。后来得知，打三弟的人就是福安面包厂的送包工人。还有一家福鼎面包厂的老板更横，干脆直接带人到我三弟的面包坊来，他说："明天我就叫人封了你。"大哥和两个弟弟刚来不到半个月，接到要挟电话无数，面对面打架三次。大嫂说以前在广东时，就是这样被人挤走的，都是同行们干的。哥哥弟弟向我叙述的时候，我从他们的身上看到了另一个战场。

看着三弟受伤的脸，我什么话都没说，拉上他就上福安面包厂去。福安面包厂不大，也是个小作坊。老板个儿小，却显得很精明，一双小眼睛转个不停。见到我，先是一愣，随即脸上堆满了笑，朝我递烟，想拉我进去喝茶。我说："不忙，我不明白我弟送面包是挡了谁的道，还是他不懂事得罪人了，我想弄清楚其中的道理。"老板说："误会，误会，弄错人了。"我说："你教我学会了误会，以后我们随时可以找地方误会误会。"我撂下话就要走。老板反应很快，他喊住我，说他赔偿三弟一三轮车面包的损失，另加一百元给三弟看伤。

次日，我瞅准一个机会，一大早就溜到三弟的面包坊，让他们把所有门窗都打开，平时他们不开门窗，怕有人来。我烧壶水坐下来泡茶，看他们忙碌地生产。我水刚烧开，福鼎面包厂的老板果真带着几个人气势汹汹过来了。我主动招呼他们："进来喝茶吧！喝了茶再动手不迟。只要你们说清楚，我弟的面包坊为什么不能开，我帮你们封了它，不劳你们动手。"这几个人见了我有些愕然，他们没有一个人进来，都扭头走了。想把我兄弟挤对走的绝不止福安、福鼎两家面包厂，我不可能一一去找他们说，但我可以坐在兄弟的面包坊里等，一有时间就去他们的面包坊里等他

们来，我必须经常去等他们，等他们都看见我。

从此，我每次去亲人们的面包坊，就会把门窗都打开，这样更方便他们都看见我。我就坐在那喝喝茶，或晃悠几分钟，兄弟们的面包坊就风平浪静，没有谁敢来闹事。小弟开玩笑说：“哥，看来你这身戎装能压邪呀！”我无语。丛林法则遍布生活的每个角落，我充其量也是一只披了虎皮的羊。但兄弟姐妹这时需要我这只羊，我只得每天披上虎皮，溜出羊圈，成为一只离群的羊，不是为了丰美的牧草，而去充当一只虎，让那些狼群远离那刚来觅食的几只羔羊，直到有一天，让他们也变成一只只能独立觅食的“狼”。

但连长不让我这样干，他说偶尔去看看亲人们还可以，但不允许每天都去，他不允许手下任何一个兵私自离开他的视线。但兄弟姐妹们需要我每天都去，这样我又和现任的连长展开了一场没有终点的马拉松赛跑。

哥说：“兄弟，你不来，你两个侄儿的学费就没了。”

弟说：“哥，你若不来，乡下老娘就断炊了。”

妹夫说：“哥，你若不来，我们只好抢银行去。”

……

天哪！这哪是我和连长之间的赛跑，分明是部队和我家之间的一场赛跑，我和连长是双方选出的代表选手。只要我跑输了，我的家人就得离开这个城市，到另一个陌生的城市继续漂泊，开辟他们的新战场。而我的兄弟姐妹们是那么的弱小，他们还不适应这丛林的法则，他们开辟不出自己的战场，我要帮助他们度过这艰难的适应期。只有连长输了，他们才能顺利留下。这场赛跑没有赢家，连长每天都得提心吊胆地堵截我，不让我外出，让我乖乖地和全连的人待在一起，大家一块儿吃饭、上机场、回连队、上床休息。而我必须在工作之余，见缝插针地往外跑，跑到兄弟姐妹们的面包坊里，在那儿坐几分钟，装模作样让人看见我。别人看见我了，我就达到此行的目的，就可安心回连队，然后等着连长的批评。

好在兄弟姐妹们都离我不远，他们就在营区附近村镇安营扎寨。我没有像当战士那样鲁莽，每天和连长展开体力赛。我挖空心思避开连长，避免正面冲突。一般我选择机场下班后，要么掉队，要么提前溜单，或者在晚饭后自由活动时间，总在连长一眨眼间消失在去看亲人们的路上，个把钟头又折回连队。但连长很快就清楚我的鬼把戏，他总会在我工作快结束时转到我身边来，甚至会掏根烟请我。这看似无心的举动，其实我们的比赛已经开始，从心理战开始，连长想用眼睛圈住我。我要寻找连长的一个疏忽，逃离连长的眼睛，赶紧溜之大吉。后来，我们的暗战发展到饭桌上，连长若发现我埋头苦吃，他就端着饭碗坐在我的旁边；我离开饭桌，连长必然也收摊。我觉得现在的连长比前任高明，说不定是前任（现在的营长）已对他说了我们以前赛跑的事，他吸取经验对我改变了策略。连长想黏住我，让我没有任何动身的机会，让我输在起跑线以前。连长似乎弄明白了：只要不让我这赛手上跑道，他就彻底赢了。

我和连长的比赛就变成了一场无声的赛事，我寻找连长任何一个盯失我的机会。比如他要净手，比如他要洗碗，再比如他也会有事外出，还有连队其他几十人的事，营长、团长找他的事，开会的事……我要抓住这稍纵即逝的机会，赶紧到亲人们的面包坊溜一圈回来。我和连长之间的比赛变成随时随地都是我俩的赛场，直到我的兄弟姐妹都变成能独立觅食的"狼"。

2014-02-13 于平和广电大楼

他把爱情托付给我

建国在一次拉练中出事了，他的右手被弹出的汽车轮毂炸断成三截，连夜送往医院抢救。我不清楚这跟他摇摇欲坠的爱情是否有关联。

我和建国是同学加战友，别人都说我们是同穿一条裤子、同一个鼻孔出气的死党。我和他互相间没有任何秘密，连最私密的爱情也可以互相分享。每次女朋友来信，我们都会交换着看，还互相探讨一下该如何回信，特别是在爱情出现危机的时刻。

有一阵子，我看建国好像有心事，干什么总是丢三落四，人像丢了魂似的，问他总是摇头，我估计可能是他女朋友对他亮红灯准备告吹了。不知为何，这次他不想告诉我。我知道建国从中学开始狂追那个叫“蓝月亮”的女同学，五年过去了，他竟没能攻下这座“山头”，连我都替他气馁。听说那段时间刚有起色，他竟发飙，为自己的爱情吹起总攻的冲锋号，用弹壳为她做过精美的十字架，还跑到郊外很远的地方为她摘回熟透的红叶，知道她喜欢蝴蝶，精心为她收藏过一对碧凤蝴标本，三样宝贝连同那张很酷的哨兵照，打上精美的包装用包裹寄给她。我都来不及摸清他为何闹心，建国就出事了。

我连夜赶到医院，建国正在手术室里抢救，我从他留在手术室外的衣服口袋里看到她的来信。信中只有三句话：“一个军人只会招花惹蝶，叫人民如何放心？我不愿再收到你的任何东西与来信。”我再看建国的另一口袋里，还有一封没寄出去的回信。以他强烈的自尊心，不用看，我也知道信中会写什么。

这封没寄出的信对建国很重要，从医院回来我就私扣了建国的回信，还瞒着他给她另写了一封回信。几天后，我就带着佳音去看建国，建国高兴得一骨碌爬起来，他用左手使劲擂我一下，问：“你给她回了什么？”其实我也只回了三句话：“建国入了党，拿了驾照，明年考军校，柔情似水心坚如钢英雄本色不倒，一封回信一份包裹建国垂危入院！”建国又擂了我一拳说：“你怎么知道她退回包裹？”“我猜的呗！”“真有你的！”接着他又耍赖了，他说如今这右手断了，如何回信，你得当我的文书，直到开花结果的那一天。我说这如何使得？他说又如何使不得，我把爱情托付给你了。

建国给我出了一道难题，尽管我愿意当他的爱情参谋，但直接给对方回信还是让我觉得别扭，觉得这很不道德，好像自己就是第三者。但建国不这么想，他只想着自己的爱情，他需要巩固这刚有起色的爱情，他自己不足以扭转局面，他需要我这个帮手。此时建国需要爱情，我不好当面拒绝。从那天起，我还真成了建国的文书，但我对建国提出条件——我只管动手代写，却不管信件内容，劳力不劳心。建国虽应允，但每次带着她的来信去看建国时，建国还是一如既往让我照来信内容替他出点子，共同推敲好内容，然后由我代笔，用左手写下一封封歪歪扭扭的回信，十几封回信写下来，我左手写字变得流利起来。她在回信中称赞朋友因祸得福，最近进步不少，变得“振振有词”了。建国的爱情故事在我俩的共同谋划中起死回生，最终修成正果。

后来，我从一本西方著作中读到一句话：“爱情不容分享，否则就是欺骗。”我突然有了罪恶感。而当时我竟一点也不觉察，甚至觉得自己是助人为乐而有点窃喜。在部队，战友间互相当爱情参谋的事并不少见。像这样帮建国回信之事，放在其他战友的身上，都会觉得自己就该这么做，非但无过，反倒有功，甚至可以成为日后炫耀的资本，谁都不会觉得这是越界。中国人历来公私不明，朋友之间一好起来就没有隐私，爱情也不例外。我突然觉得我还没学会爱一个人，建国就更不懂了，他都已经不择手段了。我们总习惯站在朋友的立场上考虑感情，并非是为爱情本身。对爱情从一开始就缺少忠诚，我们合谋去骗取对方的感情，我觉得很可耻。

从那时起，我对谁都不谈自己的感情，我在心间竖起篱笆。自己的感情是自己的私人领地，不允许任何人擅自闯入，我更要警惕自己把外人领进来。

我经常想，一个连爱都不懂的人要与他人共谋自己的爱情，甚至可以把爱情托付，这样的荒诞之事，当初我咋会成为共谋呢？这样用诡计得到的爱情会结出善果吗？我为此苦恼，几次想向建国的她道歉，但看他俩恩爱的样子，总是话到嘴边就打住了。他们甚至让我产生了幻觉，他们就是爱情的典范。身边总有这样的人，他们不一定明白爱情是什么，但他们很恩爱，好像他们的生活与爱情无关。倒是那些为爱情的人，经常闹得不可开交。

我知道姑妈和姑丈一辈子没说过一句话，他们的生活没有语言成分，从未叫过对方的名字，对外人说起也是以她（他）代指对方。他们从未有过并肩行走，出行永远是一前一后保持若干距离，更不会坐下来商量任何事情。有一次两人一块儿去锄地，地锄好平整后准备撒菜籽，这时双方互相支棱着对视一眼，知道谁都没带菜籽来，这一瞬间倒也默契，各自扛起锄头回家去。家中若办大事时，一人在饭桌前自言自语地说起某件事，就好像是说自己听一般。对方听了，若有另见就应上一句，或哼一场表示知道，或干脆沉默表示接受，这是他们生活了半辈子才磨合出来的一种默契。都说夫妻互为镜子，我不知道他们内心照亮了什么，各自在对方心中有多重?

姑妈是上一代人，她的婚姻自己说了不算，而由霸道的父母做主，她很无奈地嫁了一个男人，与这个男人一起生儿育女，从未吵过架，很平静地生活了一辈子，平静到从未说过一句话，一切都被生活所淹没。这很让人怀疑，夫妻，究竟是生活在情感的哪一维度?爱情还是友谊?或者连这两者都没有，仅仅剩下生活，并为它活了一辈子。

我们的父辈大都没有恋爱的经历，在传统的婚姻宝典里，似乎很难找到“爱情”一词。但他们都把日子过得妥妥的，膝下儿女成群，相依相偎一辈子。他们似乎把感情和爱情一道糅进生活中，日子如麻花一般，越拧越紧，谁也分不开，在岁月中慢慢浸泡，最后成了一缸酸甜苦辣咸俱全的酱菜一般，那滋味，岂是我一个晚辈所能理解得了的。

那次在建国家，当年托付爱情之事被他无意说漏了嘴，她老婆拿粉拳一边擂他，一边笑骂我们“骗子”，你们都是“骗子”。是，我们都是骗子，中国人的爱情都是骗子。

2014-08-04 于平和小溪

东头西头

一

不是所有的出行都可以用一路顺风去祝福！乘飞机旅行时就不适用。飞机在起飞时就不需要顺风，而是逆风，飞机需要一个反作用的力。这个力是老天爷给的，是风给的力。风不会在一个方向吹，东南西北风都有，这自然之力决定了起飞的方向。跑道的起飞线也得顺着风的意思，分两头，南头或北头，东头或西头。而我们机场跑道分东头和西头。是从东头还是从西头起飞，只有风才能决定，我们改变不了风的决定，只能顺着风的意思去另一头飞。

那时，我们机场还是个军民两用的国际机场，每天都有几十架次甚至上百架次的航班，机场显得特别热闹。我们的营区在西头，紧挨着国际航空的航站楼。平时，大家有事没事都喜欢来。来这地方特别养眼呀，你看，航站楼外的广场上总是停满了各种好车、豪车。两根巨型塔灯把广场的夜照得如同白昼，这里有成排的小商店，还有大型商场，有酒店，有报刊亭。在这里终日能见到黄皮肤、白皮肤、黑皮肤各种各样的人群。能看到肚皮鼓得看不见自己双脚的欧洲大妈，也能看见胳膊长得比你腿还长的白人小姐，能见到浑身毛茸茸的、大腿比你腰还粗的俄罗斯富商，这里是微缩的世界窗口。来这里就感觉和世界接轨了，而不是一个封闭的世界。20世纪能在这么小的地方看一个微缩的世界，也是一种奢侈。

战友们喜欢来这里还有一个更要的原因，除了养眼，还来打电话。部队没有长途电话，这里有，连国际长途都有。航站楼下有五部磁卡电话机，广场上还有专门的电话亭，电话亭里也有五部长途电话。这十部电话，能把欧洲大妈的声音传回欧洲，把俄罗斯富商的声音传回俄罗斯，把白人小姐的声音传回美国、瑞典、挪威、非洲，同样也能把营区每一个人的声音传到天南海北的家。十部电话链接着全世界的神经，包括我们。

科技带来的便捷，让距离变短，千里之外变成近在眼前。没有汽车、飞机的时代，出行，需要给出更多的时间，一次远行就是一项重大的决定。没电话，只能把话写在纸上，然后安心等信。现在有飞机，有电话，什么都等不及了，距离缩短并没让人更省心。大家经常来这里打电话，白天黑夜都来。只要想亲人就来打。我们经常被电话拴住。

20世纪90年代，BP机盛行一时，虽然部队不让戴BP机，为方便远方的亲人们想自己，好多人还会偷偷地戴在身上，把声音调成振动。只要腰间一颤，大家就飞快地往航站楼方向跑，往电话机跑。要是女朋友来电话，更是没命地跑，一秒都不愿耽搁。而部队有纪律，总让你无法抽身。BP机又是部队明令禁止的，有信号来也不敢让人知道，更不能让领导知道。来了信号也不敢请假，更不敢往电话的方向跑。回电话要避开领导的耳目才可行。人总被某种东西揪着，推着，不自觉地忙碌，总是飞快地往前跑，向某一点跑去，向无数方向跑去，我们不断被科技所奴化，被物化，甚至被矮化。让一架飞机上天，其实就是把一堆钢件弄上天，把自己装进去，似乎是延伸了脚的距离，也似乎延伸了手的距离，让飞机到千里之外去执行手的战斗。这延伸的结局，是让自己绑定在飞机上，绑定在某个物上。为它绞尽脑汁，并成为它的依附。

二

有阵子，我们特别喜欢飞行日。飞行日是部队日常训练，每个机组是个相对独立的个体，做好飞行保障就行，其他少有人管。比大家挤在礼堂听报、上政治课、队列训练、作风整顿、割草和整理内务打扫卫生都强。在连队总有忙不完的活儿，飞行就保障飞机，其他一概不管。

飞行时，飞机从起飞线放上天，还得到着陆线去接。飞机从上天到落地要有一段时间，这段时间我们都在着陆线等飞机。这个时间段出现了空当，只要不耽搁接机，空当经常被私自支配。比如大伙儿猫在一块儿聊天，看书，独自发呆，到草地抓虫子。这一小段时间空当等着人去填空。空当很有利用价值，比如给家人打个电话，给 BP 机回个电话，给女朋友回个电话，很多人常干这事。但这空当又不会空很久，飞机上天训练课目结束很快就会回来，也就半个钟头到个把钟头的时间，不能长时间离开。扣除路上来回时间，也就剩下半个钟头，这不长不短的时间内也只适合回个电话，干不了其他的事。

这时，大家特别盼飞机从东头起飞。东头起飞，着陆线在西头。西头离航站楼近，离电话机近，跑个回来也就三五分钟。从起飞到着陆，大家在西头就有时间的空当。是东头起飞，还是西头起飞，我们决定不了，只有风向才能决定。刮什么风对我们很重要。只要飞行，大家都盼刮西风，或刮西北风。刮西风或西北风，起飞线在东头，着陆线在西头。西头离航站楼近，离电话机近。

刮什么风很重要，给女朋友回个电话也很重要。万一她在电话那头等空了，走了，甚至闹掰，就不是仅影响心情的事，它决定一个人今后的命运走向。男人的另一半是女人，和什么样的女人在一起生活，决定另一个男人一生的生活质量，甚至命运。这样说来，风向决定的不仅仅是飞机的起飞，风向决定的是命运。东头和西头都是命运。

这个命运是风向，是大自然。我们无法改变风向，更改变不了大自然。风从哪个方向吹，飞机就往另一个方向飞。人类并没顺从了风的意思，而是利用了它。飞机能上天，电波能传输，那是被解读后的自然密码，然后改装并加以巧妙运用，再好的科技也没超越自然的范围。一架飞机与一架风筝没有太大的区别，它们都是在天上飞。

三

那次飞夜航，刮西风。起飞线在东头，着陆线在西头。那晚夜空深蓝，非常适宜夜间飞行。起飞线的飞机很快都放上了天，训练的节奏推进得很顺利。

机械师许树兴把飞机放上天后，我和他同车赶到着陆线，一路上他的 BP 机响个不停。肯定是女朋友找他，他很急，一路上不断地催司机开快些，再快一些。一到了西头着陆线，他一跳下车就往民航电话亭跑。那天正是周末，打电话的人也多，航站楼边

的十部电话排起长龙。每一部电话机旁都守着十几个人。许树兴他抢不到电话，BP 机又不断地响，他必须等。每个人都有很多话要跟电话那头说，很多人把电话说得滚烫都不放手，时间已失去了流淌，凝固在他们的电话上。

他等了很久才等到电话，拨通了，电话那头却没人接。许树兴只好回着陆线接飞机，飞机却早已落地在等他。他的飞机还有任务，必须尽快完成再次飞行保障。他等电话耽搁了再次飞行，他受到连长的训斥。

许树兴无话可说。保障飞行是他的主要任务，给女朋友回电话不是任务，是个人私自决定。起飞线在等他的飞机再次飞行，他要抓紧时间完成再次飞行保障，尽快把飞机拉到起飞线，再把飞机放上天。检查、加油、牵引、签字，许树兴机组很快地把飞机拉到起飞线，顺利地交接飞机，放飞，上天。这时，他的 BP 机又响了，又开始响个不停。他拦下牵引车又匆忙地赶到西头着陆线，又往航站楼跑。

航站楼外依然有很多人在打电话，许树兴只能和上次一样耐心地等。这次许树兴没白等，他和女朋友回上了电话，和女朋友聊得很愉快。但他没有忘记还得赶快回着陆线接飞机，他很及时地赶回着陆线等他的飞机。别人的飞机都回来了，他的那架飞机还没回来。着陆线聚了越来越多的人在等飞机，等许树兴的那架飞机，他的那架飞机神秘失踪了，永远都没回来，他的那架飞机失事了。许树兴连同机组都被叫走了，调查结果是许树兴把解刀忘在飞机上，卡住了飞行员的驾驶杆，飞机坠毁，飞行员殉职，许树兴被关了六年。

那飞行员是许树兴害死的？是他女朋友害死的？是 BP 机害死的？是被风向吹没的？这些问题够许树兴在里面想上六年，或许更长。

2014-03-20 于鲁院 612

纸条

周六，我刚从街上回来，同寝室的东东和郑辉正气急败坏地满世界找我。见我就递过三张纸条，让我照纸条上做。

纸条一：“你小子溜哪儿去了，见字找我。修。”

纸条二：“你躲债去了，满世界都找不到你，见字回话。林。”

纸条三：“你死哪儿去了，回来立马见我。郑。”

那时还没手机，也没 BP 机，寻个人还真不容易。修、林、郑是我最要好的三个老乡，三张纸条其实都是一个意思，他们都有急事要见我。但不知他们是同一件事，还是为三件不同之事要找我。郑在隔壁连队，离得近，我决定先找郑。

一见面，郑劈头盖脸地照纸条内容又骂了一遍。这是我和郑见面的习惯语言，也是部队大家庭的习惯语言。大家都习惯黄腔对话，客气反而不亲近。开口就骂，甚至上前擂你的人，定是平时走得最近的好友。

郑说，林和修找我找到他那儿去了，没找着，就各自给我留了纸条。他也没找着，也留了纸条。起因是修今天在街上碰上了我认识的那位姑娘。她是名护士，是我那次住院认识的。她人好，长得好看，还私下帮过我小忙，就熟了。后来，她想到机场来看飞机，那时乘飞机还是很奢侈的事，没个急事，老百姓还是选择汽车、火车的多，乘飞机的毕竟是少数。没乘飞机，近距离欣赏飞机也是一件新鲜事。那姑娘没近距离看过飞机，恰好我们是军民两用国际机场，我带她到机场边上一个安全地方，看民航大飞机起飞、落地，欣赏“大鹏翱翔”的壮观景象。再后来，我生日时，还带她去老乡家吃饭，几个要好的老乡就认识她了。

当晚，修在电话中说：“她问起你去哪儿了？”

修在电话中还说，让我明日无论如何要去见她。天哪！这算啥事呀！人家也就随便一问，原本是碰上一个熟人，转而问起另一个熟人，人家可能也就随口问问而已。好比：他最近好久不见，去哪儿了？这等小事竟值得三个老乡火急火燎地满世界找我，还非让我去见她。我觉得问题很严重，严重超出我和姑娘的正常交往范围。从他们的态度表明，首先，他们已集体认同我和她是男女朋友关系；其次，我俩关系已发展到起伏程度，我有些日子不去看她，看来我的问题很严重，甚至我个人道德品质值得怀疑；再次，他们非常认可这姑娘，认为值得我认真对待。

被人猜疑，再多的解释也成饶舌。在老乡面前，我和他们已经解释不清与那姑娘的关系，他们认定我推诿、逃避。他们是我最要好的老乡，情同手足。他们认为这是人生大事，他们有必要出面，帮助我。在家靠父母，部队靠老乡。老乡中这些老大哥虽不是父母，却似长兄。老乡们一直以兄长般的道义责任在帮我。甚至还帮我策划了次日与姑娘见面的诸多事项，我被裹挟在他们的意见之中。越是亲近的人越容易被裹挟，被操办。在部队，我的事就是老乡们的事，老乡们的事，也会是我的事，最后是大家的事，大家就得一块儿办，一块儿商量想办法。中国人的智慧是群体的智慧，群体声音汇总后就是正确的意见。老乡们都为我好，有十倍的理由让我接受，只要认为是好的、对的，我接受就是了。大包大揽已成为传统美德，他们愿意在这件事上为我做主，拿定主意让我去照着去做。

我知道三位老乡把意思理解偏了，但我不能和老乡们争是非，更不能用冷酷语言去挫他们的心。他们都比我长几岁，有的至今没找到女朋友，我能理解他们裹挟我的心情。但我又不能儿戏对待此事，这牵扯到我和姑娘的声誉，关系到我俩今后真正找朋友。我和她的关系只有我们最清楚，从认识到她问起我的这一年间里，我与她见面没超过五回。没拉过手，没单独吃过饭，没去过咖啡厅，没上过电影院，没上过舞厅，也没逛过公园，连话都没说上几句，就认识而已。更关键的是，我们都没有那个意思，我的内心从未波动，她的眼神从未异样，从未触及那最敏感的神经。我们没有向前走的原动力，我们止于朋友层面。这个朋友在生命中可以有，也可以无，不涉及伤害，我们的关系简单明了。

如今，三张纸条清楚地表明，这层简单明了的关系在老乡那儿已变得不简单，更不明了。相识的姑娘主动问起我，就变成一件说不清的事，这简直是一种荒唐。但老乡们坚持自己的判断，一致认定我有问题，这看似在替我着想的背后，其实他们已不自觉地站在姑娘的立场上考虑问题，他们已不完全从我的角度看问题。我觉得这不是简单的一种裹挟，这背后还有一层说不清道不明的关系。好像是我发现目标了，不但没向目标冲锋，还逃避，引起了老乡们的不满，他们就纷纷靠上前来，帮助我，鼓动我再次朝目标冲去。这看似单兵作战，其实背后还有一个群体的力量。我是前锋，是主攻，他们是侧卫，是后援。我在明处，他们在暗处，但所有的力都指向同一个目标。他们是自觉的参与者、见证者。他

们不会分享结果，却可以分享情绪上的快乐。这简直是单性世界对异性的一种潜意识的集体围攻。是一次潜意识的围猎行动。像祖先围猎，大家一块儿形成包围圈，最终射杀目标可能是一个猎人，助攻猎人可以很多。这意识长期潜伏在生命深处，不被发现，更不受约束，这是一种可怕的力量。它是原始的兽，随时可能跳出来伤人，我拦不住他们。

我能做主的是，如何处理好与她的这层朋友关系。朋友关系，也是私人关系，我无须澄清。我要做的是让我们的私人朋友关系在老乡面前不走样，不产生猜疑。即使猜疑也不至于武断，甚至被包办，我要想办法让他们见证一次我们的正常朋友关系。次日，我带三位老乡一道去见姑娘。我们在一间小酒店见的面，姑娘穿一件白色套裙，很素的一身打扮。她同我握手，也同三位老乡握手。我做东，记得那天上的菜也有些素，有青菜、萝卜，还有韭菜饺子、水果沙拉。那天，我们还喝了些清酒。

那次愉快归来后，我再也没收到过相关的纸条。

2014-03-17 于鲁院 612

给她留下半边脸

时间可以留在相册上，这是我翻开旧相册时想到的。

我个人没有相册，我的相册在转业时丢失了。但我家里有。相册上有我们家人及朋友的照片，都是一些旧照片。相册保存了十几张我在部队时留下的相片，让我想起部队的生活。这些相片让我感到时间是断裂的，它分分秒秒都在断裂。但时间也是可以链接的，每一张旧相片都能把我链接回部队，链接回“当时”。

这十几张部队旧照有一张背影照特扎眼，其他所有的照片都是正面，或大部分正面，只有这张是背面。照片的前方是西湖的断桥，远处还能看到保俶塔。当时我坐在船头，头戴锥形斗笠，手握着船桨。当时我很年轻，人很瘦，脸很白。如果不是熟人，从这张旧照上，恐怕连性别都判断不了。

这张旧照背后透出丰富的信息。我一人坐船头，说明是艘小船；能留下相片，说明我身后还有一个人在船尾。照片与湖面构成倾斜，很可能当时我还不善于划船，船行驶得不稳，还可能小船正在掉头。而我只穿一件长袖衬衫，船边荷花连片，说明是在某个秋天，我和另一个人在西湖上划着小船，一览湖光秋色。正是这些信息，把我链接回杭州部队的生活，还有和那位姑娘的点滴交往中。

我们是在医院认识的，当时我是病号，她是护士，自然相识。那时，喜欢住院的战友还不少，他们并没有什么大毛病，就是想到医院调养身子，过几日放松的生活，还方便上街。部队的医院对这些病号管吃管住还不花钱。但没什么毛病，也就挂几瓶葡萄糖，不会留下什么副作用，之后就会让他们出院。部队管这种人叫泡病号。泡病号的人在部队医院很不受待见，这些病号不会给医院产生效益，反而会增加负担，医院喜欢地方病号，地方病号才是他们的钱袋子。我在住院期间，经常见科室的护士长指挥部队病号干活，帮助分发被褥，有时还打扫卫生。泡病号的人都很听话，他们不敢违背，否则明日就出院，想多泡几日也没戏了。出院就不能上街了。更重要的是，他们泡病号期间，大夫下班后，还可以找年轻的护士泡上一会儿，还真有个别战友泡上了护士。

我不属于泡病号那类，我真有病。那时我军校刚毕业，很想在部队好好干出一翻名堂，哪有心思泡。我是尿出血，达到三个蛋白加。卫生院的大夫说很严重，是内出血，不及时治会有大祸，非逼我来住院不可。我在医院属于真病号，真病号别人不好指使你。我更不会让医院的人来指使，天天坐在床头挂瓶、看书，没和谁说上话。那么多病号中就我最安心养病。

一天半夜，有护士匆匆过来说："科室有个老人走了，要送太平间，44床能否陪我去？"

我看她有些怕，而且是商量的口气，不像叫那些泡病号的，那是命令式的，没有商量的余地。此时泡病号的也都休息了，我就陪她去趟太平间。回来和这位护士就成朋友了。也仅限于朋友。这本是一次道义上的相识，我们是因转移一具冰凉的尸体而相识，事出有因，自然相识。她请我壮胆，从医院到太平间，我只陪她走了来回不到500米路。

我当时没考虑清楚朋友的含义，认为成了朋友，来往就天经地义。她来机场，我带她去看飞机，还带她去老乡家聚餐。几个要好的老乡也认识了。本是多么正常的来往，但老乡们不这么看，他们觉得我俩有戏，将来会有故事。本来无事，两人像一条白萝卜一样清白，但老乡们觉得不清白，他们认为来往就是有目的的。老乡眼里的朋友只有狭义，没有广义，非红即黑，没有中间地带。就是从一般朋友发展到不一般朋友的关系，以致发展到一家人的关系。这超出了我的愿望，也超出了她的愿望。

我觉得人生应该有中间地带，比如买卖，比如朋友，再比如仕途，都应该有个中间地带才好。黑与白，成与败都是两端中的极端，是非此即彼关系。它有侵略性的，它是一条窄道，它有毒。有中间地带人生才会变得辽阔。我感到这中间地带很重要，它是一种大生态，里面应该有各种乔木、灌木，也应该还有各种花草，它应该是一片原始的大森林。现实却不是，现实是一片人工林，里面每一棵树都是人工栽种，都是有用的东西，没用的东西都被剔除。我和那位护士的交往不属于这片人工林，属于被剔除的东西，我们永远也长不成一棵树，顶多是树荫下的一棵杂草。即使是一棵树，独木也成不了生态，只是个别现象，经不起任何风吹雨打。

在人工林中当一棵杂草是别扭的，是阴性的，是见不到阳光的。我通过几次她对旁人对我做长长的介绍中感受到她的别扭，她也通过几次我对旁人对她做长长的介绍中感到别扭。我们不习惯见光，在强光下觉得晃眼，急于为自己遮阳，急于为自己辩解，我们就是一棵有毒的草。我们在别扭中来往得越来越少，最后就剩下了这一张照片，剩下一个背影，剩下半边脸。

2014-03-18 于鲁院 612

候机厅书店

和民航候机厅那位女孩打了一场心理仗，缘于书之故。

在部队时，我爱逛书店胜过女孩爱逛商场，每逢周末必去，这嗜好一直持续到转业也没终止。这是有来由的，我不喜欢闹，书店是个安静的地方，它刚好可以把我“藏起来”。

到书店翻书，我没有特定专柜目标，是漫不经心的，碰上啥书都会翻一翻，若是喜欢的书就多翻一会儿，甚至看它大半本，我喜欢这样慢吞吞地把属于自己的时间给磨过去。但对要买的书我是很计较的，一看价格，二看字数，三看纸张，四看简介（包括作者简介），五看出版社，六看装帧，七看是否打折，最后才是看内容，翻几个地方，看是否有吸引我的细节内容。这些是我判断一本书的最初标准，只有这些条件都相符，才会让我下决心买它，买回来才会看得舒服，读得来劲。口袋的钱少，我只能买少许的精粮补充精神，经不起任何铺张，我对购书的条件历来苛刻，从不让步。

那阵子恰逢老兵退伍，所有的领导都很忙。我喜欢他们忙，他们一忙就容易忘了我，我就有了自己的时间，就可以随处转。我在一次晚饭后无意间转到民航候机厅，那时我们还是军民两用国际机场，平日里很是热闹。停车场上有各种豪华车，航班来时，还能看到各种不同肤色的人。经常到这里来，眼睛不会饥饿。这次来，发现这里竟然有间书店，让我喜不自禁。

这间书店不大，只有半间教室大小，一个女孩笑盈盈地拉开玻璃门表示欢迎。店中间有两排立架，加四周一圈书架，书架上摆满了经史子集和外国名著。那阵子，我正迷上外国文学，正好书架上有本《呼啸山庄》。我已读过作者姐姐的《简爱》，也略知勃朗特三姐妹的传奇故事。这本《呼啸山庄》原也在我的购书计划中，但这是一本简装本，纸张、装帧和出版社都不符合我购买它的条件。这书店里的书要么贵得出奇，要么就是质量很一般，但不影响我在书店阅读。耳边飘来轻柔的音乐，看得出主人很努力在营造一种轻松的阅读氛围，我很快就沉浸在《呼啸山庄》里。这时走来那位女孩，她轻声告诉我，那边还有不少新书。我朝她点个头，发现书架旁还有一把椅子，就坐下来自顾看书，一直看到书店打烊时，女孩才过来提醒我该走了。

候机厅离连队不过几百米，我懊恼没早日发现这眼皮底下的好去处。次日，我早早来书店看书。一进门，女孩还和前日一样，笑脸相迎。我却不管不顾地直奔那书架前，拿起《呼啸山庄》坐在椅子上接着看。直到第三天早上，我终于把《呼啸山庄》看完，放回书架上。从此，这间书店成了我免费的阅览室，一有空闲就过来看书，但始终没买过一本书。几天过去，女孩发现我朝书店走来，不但没开门笑脸相迎，还转过身去，装作没看见，我这才发现女孩对我态度的变化。而我不在乎这些变化，我也装作没看见她，推门直入，照旧坐在那儿看书。心想，只要不规定翻多长时间或翻多少本书就必须买下书，如不买则罚款或加以定罪的话，我迟早会不花分文看完这里我所想看的书。我成了书店赶不走的“蠹虫”。

再去，发现女孩的眼光不但冷，还夹有一层厌恶的意思，连那把椅子也不见了。一定是女孩采取了措施。椅子不见了，我连最后那一丝丝的歉疚也没有，反而更加理直气壮。能提供什么优质服务是你的态度，但来这里看书是我的权利，我愿意看多久就可以看多久，这是我的权利。是商品总有被浏览的义务，我有浏览的权利。女孩不愿就此作罢，她时常从远处投来表情复杂的目光，甚至走上前来，在我身后晃来晃去。她想以此表明态度，而我不作理会，我们就这样“杠”上了。她嫌恶她的，我看我的书。

我不怕她的态度，只要你不关门，主动权在我。我将天天来看书，以实际行动告诉她一个顾客所拥有的权利：你可以撤走那把椅子，但无权不让我看书，我随时随地可以来看书。

我和那女孩在心理上对峙了两个多月。再去书店时，发现这间书店消失了，店面易主了，原来的书架上全摆上了系列化妆品。我没有胜利的感觉，怅然地站在店外，心里像丢了什么似的。

2014-02-18 于平和小溪

秦淮食杂店

做梦都没想到，那姑娘会那么“冷”！

那年随部队到南京驻训，那天，我从南京新街口折回中华门，我急迫地想买包烟，那时部队不禁烟，烟民也多，直线加方块的日子让我的烟瘾也与日渐长。口袋没烟就是心中缺粮。我直奔路边那排小店，门面不大，两面玻璃立柜一横一竖折成直角，隔成了店主与客人的交易空间。横在街边玻璃柜上有个板架，架上有六排香烟。从横截面上看，这些排列整齐的香烟很像受检阅的部队方阵，等待像我这样的烟民们来检阅。这些烟来自全国各地，像部队大家庭，大家都来自五湖四海一样，组合在一起就成了方阵。它们颜色深浅不一，搭配起来好看得很。

我直奔这家秦淮食杂店的小店，有个姑娘在埋头看书，应该是一本流行杂志。她没搭理我这个顾客，她的冷让我上火。“买烟。”我用声音表达不满，我想让她听出客人的态度。但她只是把一卷书握在手里，懒散地站起来，走到柜台前依旧一声不响，那意思是你要什么烟？然后她根据客人要求给烟，接钱，找零，再落座回原位，把中断的精彩情节赶快接回去。我在猜想姑娘读的书中的情节：侦探？幽默？哲理？以她这种刚出校门的年龄，我想最吸引她的应该是言情，在这花红柳绿的十里秦淮，历朝不缺才子佳人的故事。

姑娘着米白色套裙，脸蛋粉嫩、白晰，脸颊透红。姑娘长得煞是好看，符合我对秦淮女子的一贯印象。虽然初到南京不到两天，但从古至今的南京人我可真认识不少：柳如是、董小宛、陈圆圆……这些名媛们还活生生地在我眼前跳动，我经常在不同的野史中和她们相遇，我能想到她们的语气与神态。我觉得她们一个都没死，至少她们的魂还经常会回秦淮这里来看看，难说眼前这姑娘不是她们的化身。还有我在杭州认识的几位南京姑娘，她们一个个柳腰、细眉，还有水汪汪的眼睛，我觉得她们的眼睛能藏一湖水，多看哪个男人一眼，他的魂都会被她淹死。

只是眼前这位姑娘太冷，她连眼皮都没抬一下，走过来没有任何表情。没有表情，姑娘好看的五官就像一幅呆板画，没了生气。在我看来，这是极大的败笔。看来是我打扰了她，她不欢迎这样的打扰。或许她安静看书的样子应该是美的，我来买烟使她心情陡然发生了变化，就出现了败笔。但我觉得不对，她是顾主（起码代表顾主），我是顾客。我来买烟，主客之间就应该有交流，起码是一种平等交流。这种交流应该是高兴愉悦的，而姑娘的态度是懈怠，是打发，且没有任何表情。我觉得只要她的眉稍稍扬起来，闪一下，睁眼平视对方一会儿，就打开了交流的窗口平台，姑娘的五官也不会凝固、呆板，而会显得灵动有生气，主客之间也就平等了。但姑娘却没有，她冷冷地等着。

“哈德门。”

我用手指向哈德门牌香烟。姑娘伸手从架上取出香烟放在玻璃柜上，依旧不看对方，只等着顾客付款。她的手从未触及生活的深处。这样的手从未被四季的风雨浇灌，更别说生活的磨砺。这样没经过任何生活打磨的手，还没从书堆中的那些故事中苏醒过来，它不知道柜台之外的烈日和尘土。我觉得这样白又修长且柔弱的手，应该对艺术是敏感的，可以和琴键、弓弦为友；而它却选择了柜台内窄小一隅，选择了流行杂志，这样的手也触摸不到任何艺术，更感受不到客人心情的起伏，很快就会回到那窄小平庸的角落。果然，她收了烟钱后又踱回那个角落，继续看书，眼皮依然一下也没抬。

"再拿一包烟。"

我受不了她的冷，我不想让她立马回到书中去，回到才子佳人身边，我要把她唤回来，抬起眼皮看看柜台之外的我，看看街上尘土飞扬的生活场景。刚落座的姑娘起身，像刚才一样踱到我的对面，站着，依然不看对方一眼，只等着客人叫烟。

"阿诗玛。"

姑娘重复刚才的动作，拿烟，放在柜台上，等着拿钱，找零，转身又回到那角落里。我的重复变得徒劳，虽然我叫了一包比哈德门还要贵上一倍的阿诗玛，但对方此时的全部心思都在书上，她不会在乎你的任何感受，更不会在意你在她这里消费的档次，以此用心记下你，哪怕任何一个细微的特征。

回到军营后，虽然我挑不出姑娘的错，但我越想越觉得姑娘不对。难道是我穿着一身草绿色军装而遭来漠视？我了解江浙一带经常称我们是"当兵的"。也有人称"丘八"。这是多么损人的称谓。我们毕竟不是上街耍横的外国大兵，更不是解放前的日本兵。我只是一名路过的军人，同时也是一名顾客，我来购物，就应该有一种平等的交流。想到这儿，次日晚饭后，我利用自由活动时间，换上运动服，再次跑步光顾这间秦淮食杂店。从大校场

营区到这间秦淮食杂店至少有四公里，为了充分利用部队这短暂的自由活动时间，我以比赛的速度，十三四分钟就冲到这间小店。我一眼认出还是昨日的这位姑娘，她换了一身上蓝下灰的运动装，还坐在那角落里看书。

“买烟。”

听到叫唤，姑娘和昨日一样，把书一卷慢腾腾走过来，拿烟，找零，还是没抬头看我一眼。看来姑娘本来就这样子，她还不习惯睁眼看人，她需要在书本上经营自己的心灵堡垒，抵挡柜台之外的烈日和尘土。想到这些，我为自己找到再来买烟的理由。在南京驻训的40多天里，我每天晚饭后都跑步，就为光临这家秦淮食杂店，买包烟后又跑步回军营。来秦淮食杂店买烟成了我的瘾，我起码从姑娘手中接过四条以上的哈德门，这些烟钱超过我的津贴五倍。

就在部队任务快结束时，记得那天傍晚南京飘起雨花，我再次准时光顾秦淮食杂店买烟，姑娘破天荒地抬头看了一眼湿淋淋的我。我发现姑娘的眼睛很清澈，水汪汪的像九寨沟的海子。这眼睛真的还没被生活中油盐柴米所漂染，她的眼里只有汪汪的水，没有盐的咸度，没有酸碱度，没有风和雨。虽然姑娘并没有在我身上聚焦很久，她的眼里有些懒散，甚至慌乱而躲闪，她的眼光没说“怎么还是你？怎么这样子？”反而是像受到了打扰。但毕竟还是发生了变化，毕竟看了我一眼，我觉得这一个多月的坚持——值！

往后这几天，每次来买烟，姑娘总算能用眼睛正常看我了。离开南京前一晚，我离开小店时，竟朝姑娘挥了一次手，不知她是否看到了。

2014-01-03 于平和小溪

士兵与名著

那阵子，我迷上了买书，迷上了明清小说和外国名著。部队的津贴不多，并没有发给我买书的那份钱。开始，我觉得简装书便宜、合算，一本精装书的钱，能买两本简装书，甚至是三本、四本。

那本简装《西厢记》12元，青色封面的右下角，有崔莺莺和张生衣袂飘飘的素描图。这么素的书我喜欢。从杭州书城回来路过家属区，被老乡朱子茂留下吃晚饭。我放下书，进去洗手，出来时，看见朱子茂和李先东隔着茶几，同时在拉我那本《西厢记》。只听吱的一声，那书就成了上下册。朱子茂手里拿着封面部分，算上册，李先东手里拿着封底部分，是下册。这上下册也分得不均匀，朱子茂手里的上册要厚一些，李先东手里的下册明显的薄。交界处那页，撕开的断口呈对角线。朱子茂手里的是上半页，李先东手里的是下半页。

看到新书被分成上下册，我不生气，也不能生气。才12元，到街上只能吃碗三鲜面，我在子茂家大鱼大肉地也不知吃了多少顿了，书还能凑合着看，也不亏。

我不光爱买书，更爱看书，书是我的粮食、我的食物。那次我们连队要去南京驻训一个多月，我往挎包里塞了《琥珀》《简·爱》《傲慢与偏见》三部名著。书都是古典名著，可惜是简装本的，是我出发前从杭州解放路新华书店买的。部队在外驻训一般不让外出，我不会打牌，不爱下棋，更没情绪扎堆聊天，我得备足这一个多月的食粮。

在南京，全连60多人分住三个楼层，我们分队共15人，分在三楼两个大房间，每人一张简易铁架床。这次来南京的任务不重，就是保障飞机从遥远的靶场回南京落地时，把它的油箱喂饱，再把挂弹架挂满炸弹，让它重翱蓝天就完事了。在南京一个多月里，受天气影响，我们没上过几天机场，全连几乎天天都在待命。而外出作训时的伙食又特别好，每天都有大排、荷包蛋、炸鸡腿、红烧鱼……大家在各自的房间里随时等待命令，这期间不能离开半步。这时，大伙儿除了聊天就无事可做。

分队最活泼的是任斌这个拳击迷，我们都称他史泰龙，别看他个子小，他的拳击还真有两下子，我亲眼见他几下就把一个比他高一头的大个子撂倒。这小子闲不住，一待命他心就慌。他说："队长，吃得这么好，老待命不动，咋消化啊！"分队长陆友说："那你就楼上楼下动动吧，别离开这楼。"这小子像得到特权一样兴奋，一会儿做俯卧撑，一会儿练拳击，一会儿又跑到楼下练单双杠，他要把大排、荷包蛋、炸鸡腿、红烧鱼都消耗成汗水流出来，好在下餐继续消灭它们。

一会儿连长上来，把纸牌和象棋都没收了。连长说："打牌，下棋，太过分了，我们是待命，不是休息，要时刻准备着。隔壁就是军区大院，首长随时会来看大家，就让军区首长来看你们是怎么玩的?”连长又训分队长:“你这兵是怎么带的?像一帮民工在午休。”连长一回头看见了我:“看书就对了嘛。大家要像黄水成学习,没事的时候看看书。”连长说完,向我走了过来,拿起《傲慢与偏见》,在手里掂了掂分量,说借我看看这本,然后带着没收的扑克、象棋还有我的《傲慢与偏见》走了。

这下子可完了,我的书暴露了。现在纸牌、象棋都是错误的,只有看书是正确的。呼啦啦,大家把我和我的名著围住了。《简·爱》来南京那天就被指导员借去未还,刚才连长又拿走《傲慢与偏见》,我手上只有《琥珀》上、中、下三册了。分队长陆友过来先拿走了中册;林达武抓过下册;孟建国慢了一秒,但也抓住了下册的一角,两人都想要,下册在两个方向力量的作用下很快变成两本下册。我的心脏剧烈收缩了一下,但没吱声。我对书的珍惜超过别人,借给别人书往往会搭一个书签,我讨厌别人在书页上折记号,我讨厌在我书上作任何记号,何况还把整本书撕开。但撕我书的人都是我的带教师傅,又何况大家都出门在外,连个消遣的东西都没有,我只能忍痛看着。

这时姚勇懒洋洋地站起来说:“反正都撕了,不如多分几册,我今天也学习学习。”接着我听见哧哧两声,我不知道姚勇手里的几页,是从林达武和孟建国谁的手里分出来的。脱爱民、韩林也过来分册子,张明震、陆正冲也过来分册子,从隔壁串门回来的林孝丛、陆应球、毛惠明也来分册子,最后连任斌这从来不沾书本的家伙也分了一册子。分队上下 15 人只有上尉吕新没分到册子,陆友说:“老吕,也分你半本书学习学习,不然就显得我们干部的觉悟比战士还低。”说着双手向两边一拉,我的中册也被分成两扇。原本只有上、中、下三册的《琥珀》,一下变成一本上册,两本中册,

12 本下册，加起来一共 15 册，全分队刚好人手一册。

我还为自己的书担心，担心这不是最后的结局。果然，在我找分队长换中册时，上册又遭分解。我看完中册找下册时，上册和中册就各被分成 14 册，分队每人一小册。我挨册拼着看完《琥珀》找指导员要《简·爱》时，指导员说《简·爱》在一楼机械一分队手里。我找到机械一分队时，《简·爱》也变成 15 册，简的爱情故事已经七零八落了。连长的《傲慢与偏见》流落到特色分队，我找到它时，它已是 13 册了。最后几乎是全连人手一册，从南京回来前，我各分队收集我的书，来时的那五本书，已经变成接近一百本了。

这次南京轮训，保障飞行没几次，却全连都名著了一回。是我们连单位时间阅读世界名著人次最多的一次。

2014-05-02 定稿于鲁院 612

砸天

部队是学方言的大讲堂。战友们来自全国各地，什么方言都有。刚入伍到济南时，我却吃尽了方言的苦头，我十分讨厌方言。我的区队长是山东鲁南人，戴副眼镜，人很斯文，就是一副浓浓的鲁南腔叫人头疼。而区队长又很关心我，他看我很羸弱，又不爱说话，常把我叫到他身边说话，了解我对部队生活是否习惯，想帮我解决生活中的一些困难。区队长和我交流得很费劲，比如他问我"生活习惯吗？想家没有？"我觉得区队长的每一句都像一团土疙瘩，一团一团地抛过来，我一团都没接住，任他抛，他抛得越多，我越迷惑。每一句简单的话，他最少要说上五遍我才能听明白。而有些话他说上十遍，我照样听不明白，急得他干脆拿笔写在纸上，才能让我明白。本来是愉快的谈心，竟成一件累人的事。那时，我最怕区队长关心我，听他说话比踢正步还累。

经过训练团八个月的方言碰撞，全国各地方言多少我还能听懂一些。在部队日子长了，甚至还觉得各地方言挺有意思的，像地方风味，只要一开腔，气息扑面而来。我寝室的老余是安庆人，我发现他的安庆话很多地方和我们客家话是一个音调，甚至同音同义。连队老赵一说“老子”我就听出四川味来。后来，听习惯了方言，我一度产生错觉，觉得湖南话和湖北话算不上方言，起码算不上地道的方言。我觉得既是方言，说出来就应该让人感觉像一门听不懂的外语，你听他们说话多少带有普通话味道，语音也和普通话相近。江浙地区的不管说普通话还是讲本地话，他一张嘴我就能听出来。江浙说话的语调比较平缓，很软，短调，几乎是两字三字一个节拍，说起来像拉丝一样，容易辨听。习惯了各地腔调后，我觉得方言挺好，腔调容易帮助我辨别他是哪里人。把石头说成“袭头”定是说粤语之人。我老乡小何经常把“臭老乡”说成“瘦老乡”，把“擦飞机”说成“杀灰机”，一听便知是闽南人。

我的连长姓陈，江苏盐城人，操一口盐城腔。他经常把“砸天”挂在嘴边。开始，大家听得云里雾里。他一说“砸天”，我们底下就议论：“不可能吧！叫我们去砸天，天怎么砸？”还有看过《隋唐演义》的人就说：“李元霸要砸天，最后把自己砸死了，连长不会让我们学李元霸吧。”后来，大家仔细一听，全明白了：

“砸天，我们做了一个机械日，”或“砸天，我们做了一个大检查，今天要全力保障飞行。”我们陈连长把昨天说成“砸天”，都是由他的盐城腔引发的误会。后来，我们听习惯了，觉得“砸天”二字特别动听，比“昨天”更有味道，几天没听到连长说“砸天”，我们甚至会有些想念，就会想办法从他口中套出“砸天”这词：

“连长，机械日是啥时做的？”

“砸天。”

“你头发啥时理的？”

“砸天。”

“嫂子是啥时来队的？”

“砸天。”

……

问的人要问得一本正经，大家听了也不能笑，等连长走开时，大家开始哄堂大笑。连长过来问，大家笑什么？大家又不笑了。这样试了几回，连长就明白了，原来是自己“砸天”把大家“砸”乐了，竟成了这帮小子的取乐对象。他脸一板走开了。过后，大家发现，连长“砸天”有了相对固定的场所，一般是在起飞线飞行前那一刻。那时他需要对全连进行一次简短的思想再动员：

“砸天，我们做了一个机械日”，或“砸天，我们做了一个大检查，今天要全力保障飞行”。

连长连续几个“砸天”下来，大家精神自然振奋。听久了，我倒觉得连长说“砸天”是对飞行最准确的表达。把飞机放到天上去，不就是一件“砸天”的事吗。飞机是现代科技成果，最远也不过百年的事。连长的方言多古老呀，少说也有几百年、上千年，甚至更远。方言的演变是缓慢的，它跟不上生活的节奏，语言具有严重的滞后性。几百年甚至上千年前，把这一堆钢铁构件弄上天，那是难以想象的，甚至是对老天的不敬。原本是地面最笨重的东西，竟能上天，在天上自由穿梭，飞得比鸟还快，还能从天上往地面扔炸弹，一炸一个大窟窿，一炸死伤一大片，在古人看来，这原本是一件逆天的事。

古人对天的虔诚达到语言都支撑不了的地步，刮风、下雨、打雷，天灾，老天稍给点“颜色”，就足以让一个族群的膝盖打弯，用身体贴在大地上向天告饶。小时候我见过一次祈雨，一群人手持一炷清香，带上祭品，顶着炎炎烈日，三步一跪，九步一叩，从山脚下一直拜到村庄周边最高的、海拔一千多米的南山顶上，祈天降雨，活动从早晨持续到黄昏。他们以最卑微的姿态，向上苍表达这个族群的虔诚，而不是去与老天爷评理。天有不悦，甚至无

常，从来没有人与天评理，却习惯于惩罚自身，从自身找罪，认为这个族群肯定有对不住天的地方，这个族群需要集体谢罪，需要带上“礼物”找个离天最近的地方，向天赔罪。人可以经常对人不敬，对人家的娘，甚至对别人祖宗不敬，却无人敢对天不敬。无数壁画和民俗告诉后人，先人对天的敬畏超出你的想象，而后人已无从知晓这个过程的语言与细节，只能从口口相传只言片语中隐约可见一些模糊的影子。

古人不会砸天，恐怕连这个念头都没有。但古人有飞天的梦。这个梦被刻在岩壁上，被画在绢帛上，被画在宣纸上。古人可爱，常想象人能生出翅膀，飞上九天揽明月，古人善于把梦表达得那么美好。这一定是古人最大胆的猜想，有一双飞翔的翅膀，能自由上天。古人表达了飞翔的愿望，并不是要砸天，老天爷见了这个梦也一定开心。若是见了蚂蚁也在地上画飞机——想上天，人类也一样很开心。我相信月宫上住着一个嫦娥，她被阿波罗吓跑了，被人类吓跑了。她知道从此这里不再安静，她需要一个更安静的地方，去思念她的吴刚，她去了一个更深邃的地方躲起来。她不习惯阿姆斯特朗这样的外星人，但她知道以后月宫会来更多这样的外星人。她习惯从月宫打量人间，打量匍匐求生的生灵。但她害怕这带着翅膀飞到她身边的生灵，说着古老的语言，一步步向她走来。就像我们害怕哪一天，蚂蚁也高大到站起来和我们握手。阿姆斯特朗说的话，嫦娥可能也听得懂，但她看不懂眼前的这个人，这个从地球来的外星人。

方言有年龄。有专家称，现在的闽南话就是一千多年前的河洛话，是那个时期的官话。还有人称藏语“扎西德勒”也是一句闽南话，也是唐朝时的官话，是当年文成公主进藏时的一句问路语，相当于现在闽南话“这是叨位”的音译，表达“这是哪里”的意思，至今说出来音相近。

只是我的连长不知道自己方言的年龄，他不知道自己仍用古人的语言说今天的事。说五百年前的话，说一千年前的话，说古话。语言是活化石，古人留下他们的语言在路上等我们，我们每天都在和古人相遇，只是自己不知道。历史不只是在博物馆，更在我们嘴上，在自己身上。我们身上流淌着古人的全部文化基因，它在我们当今的语言中，在各地的方言中，我们自身就是一座文化基因的博物馆，却从没有发现。我们操着古老的乡音，在与今人对话，还将与后人对话，方言是最清晰的历史链条，横贯古今。

2014-03-25 于鲁院 612

拖尾部

“小魏，把左边顶高三公分。”

“小黄，把机头顶高五公分。”

“老李，注意把托架往里推。”

连长蹲在右机翼下指挥，他让我和小魏分别把千斤顶顶高三五公分，这样正好把飞机顶水平，然后他指挥机械师老李把托架推进飞机尾部。连长指挥我们对这架飞机进行拖尾部。

拖尾部在外场算是个大课目，一般在机械日大检查时，某架飞机需要更换尾部器件时才会做这样的大动作。拖尾部的飞机被三个千斤顶顶平后，尾部托架牢牢托住飞机尾部，然后一帮人把解开的尾部缓缓拖出。拖了尾部的飞机，少了垂直尾翼和水平尾翼以及光洁的蒙皮，飞机露出两具黑色大喷管，那是飞机发动机的喷管。喷管上数不清缠来绕去的连接导管，就像分布在人身上的血管，还有每一级连接处那密密麻麻的卯榫螺丝，就像脱下裤子，露出两条毛茸茸的长腿。看着这两根裸露的喷管，我感到飞机就是一个怪兽，面目非常狰狞，难看极了。

机械师老李却并不这么看，他说这喷管多好看，就像人的肌肉，没有多余的遮遮挡挡，说着他朝我们露出不怀好意的笑。老李是一名有经验的老机械师，就因人没正形，最爱弄一些无厘头的事来取乐，他的师弟都是我们连长了，他至今还是一名上尉机械师。从他刚才不怀好意的笑，我知道他午休时必有节目，他这个节目全连的人都知道，每次给飞机拖完尾部时都有这个节目，就是不知他今天选中谁当主角。

果然，一吃过午饭（机械日或大检查，炊事班送饭到外场就餐），连长就躲到工作房抽烟。大家在停机坪边的休息室歇脚，老李的眼睛朝大家滴溜溜地转，这时节目就正式开始了。节目也是拖尾部，老李是这个节目的发起人，也是最热衷的组织者。老李在物色一个今天节目最重要的人选，对他进行拖尾部。这时谁被老李盯上谁心里发毛，大家都装着不看他。老李开始给大家发烟，这又是他的鬼把戏之一，就在他递烟与你接烟之间，就有可能被他选中。大家都学乖了，都低头不看老李，接了烟也不看他，大家集体沉默回避老李。

"小魏，就你了，我看你刚才嘴角动一下，说明你最热心我的节目，就你了。"老李直逼小魏。

小魏受惊似的跳起来，准备逃离现场，但来不及了，一听是他，刚才还是一群入定的老僧，现在一下全动起来了。小魏像唐僧误入黄眉怪的魔窟，所有人都现出原形朝他包围过来，小魏在劫难逃。

小魏不是弱者，他在连队算是比较强壮的一位，他极力反抗。被选中的人，即使是弱者也会反抗，没有谁乖巧地认命，所有人无不如此。但一旦被选中，谁也逃不出集体的包围圈。小魏被团团围住，最终他被全连的人抓住，摁倒，抬到房子中间的水泥桌上，下半身被扒光，露出私处和那毛茸茸的两条长腿，他今天被大家拖了尾部。

至此，游戏结束，老李又成功导演了一场拖尾部，大家一哄而散，所有人都非常兴奋，集体的情绪得到彻底的宣泄，只有小魏一脸懊丧地在一旁收拾自己，他一人的懊丧换来集体的宣泄。但我从他那恶狠狠的眼神中看出，这个游戏对他不是结束，而是个新的开始，下一轮他定是这个游戏最有力的参与者。

这是个恶作剧的游戏，从一开始就是一个陷阱，谁都是参与者，谁都可能成为表演者或者说是受害者。被选中之前，人人自危，又都抱有侥幸心理。只要没被选中，你就分享了一份快乐。这个集体中，被选中的人只有一个，选中的概率很小，却又随时可能被选中，侥幸推动了游戏的进行。我只是奇怪，这个游戏在我们连队进行好多年了，从未有人对此有过异议。最早只有老李机组几个人参加，到现在越来越多的人，几乎是全连的人都乐此不疲地参与其中。说明人都有幸灾乐祸的邪恶之念，当他和侥幸在一起时，集体的邪恶得到裂变式反应，瞬间迸发出来，随时把别人的痛苦变成喜剧般呈现出来，并被公众所娱乐。

恶作剧自古有之，它像基因进入每个人的血液，随时随地都会发生。细想下来，老李并非是这个游戏的发明者，他只是个继承者。他从给飞机拖尾部想到给身边人拖尾部，他只是借题发挥。给人拖尾部并非揭秘，并不是被拖了尾部的人有什么见不得人私处，若放在澡堂，这个游戏就显得没有必要。它最大的动因是选在公众场所，用邪恶强迫放大一个人的丑，所有内心那种恶作剧得到最大的宣泄。

这个游戏进行了许多年，却从未有人对这游戏本身提出异议。我和小魏平时关系不错，但我也参加对他的施虐，看到小魏那恶狠狠的眼神，我知道下次轮到我被拖尾部时，他也必然会变本加厉地对待我。我想起北方一些地方有闹洞房的恶俗，屡见不鲜地闹出人命来，却还一直闹下去。所有参与者都是身边的亲朋好友，都是你的熟人，从喜庆开始，到恶作剧结束。可怕的是，这种恶作剧一旦开始，便没有结束，它每一次结束都会埋下一颗报复的种子，成了恶性循环。连队除了领导，几乎所有人都被老李拖过尾部。当然，老李这个发起人除外。

为此，我事后找小魏谈了谈。我和小魏说，下一次，我们可以对老李进行拖尾部，当然也可以从我开始，再把老李也一并拖尾部。小魏听了很兴奋，他又私下找了几个要好的战友，一个有关老李的游戏在悄悄酝酿之中。下一个机械日的午饭后，还在老地方，老李正兴高采烈地组织游戏，他先朝大家发完烟，正挑选目标时，小魏主动站出来说："老李，今天该轮到你了。"说着不由分说地抱住老李，所有人一哄而上，帮小魏把老李抬到水泥桌上。老李极力挣扎，这过程不异于农村杀猪。那天，老李不但被拖了尾部，还被拖了全部。我看老李从水泥桌下来时，脸成猪肝色，他恼羞成怒地要找小魏打架，幸好连长及时出现。从此，连队拖尾部的游戏结束了。

2014-07-27 初稿于平和广电大楼

冒烟的炸弹

“炸弹冒烟了，炸弹冒烟了，快跑、大家快跑！”突然传来一声惊呼，大家从飞机旁向四下飞跑，向空旷的地方跑，向小平房跑，向跑道跑，向远离飞机的方向跑，机场起飞线一下陷入混乱之中。

是机械员张志新最先发现炸弹冒烟，他第一个向前跑，一边跑一边喊，他一直向百米外的小平房跑去。机械师倪照化正在检查飞机，听到机械员张志新喊炸弹冒烟，他丢下解刀从机腹下没命地逃出来。开始是手脚并用，像受惊的熊掉头从机腹下连爬带跑出来，紧接着像直立起来的猩猩，没命地朝前方草地狂奔。张志新和倪照化带头一跑，特色员小李，无线电员小张也跟着往机头前方跑。相邻的机组看到他们没命地跑，也纷纷向前飞跑，大家边跑边喊：“炸弹冒烟了，快跑！”整个起飞线的人都在跑，没命地朝前跑。只有站在机头前方20米开外的大队军械主任没跑，他听见炸弹冒烟后，两眼一黑，双腿一软，摇晃几下，瘫倒在地上。

炸弹是从我那架飞机冒的烟，我没有跑，我是这架飞机的军械师，我目睹了这颗炸弹冒烟的全过程：当时我把第四颗炸弹挂在飞机上，固定好炸弹后正在拧引信。每颗炸弹都要装引信，引信好比是引爆炸弹雷管，它容易引爆，它是炸弹的药引子。引信力气比炸弹小，但远比炸弹危险，没有它，炸弹像沉睡的狮子。看见机械员张志新迅速离开前方那颗炸弹，没命地跑，边跑边喊："炸弹冒烟，炸弹冒烟了！"他喊得撕心裂肺，恐怖的声音充斥着整个起飞线。

整个起飞线一片慌乱。

我知道炸弹冒烟后，任何努力都是白费劲，我干脆不跑。我知道弹药的速度，没有谁能超过炸药的速度——梯恩梯的燃烧速度是6600米/秒，黑索金的燃烧速度是8848米/秒，炸药一秒钟能从海平面登上珠穆朗玛峰，最先进的火箭也做不到，人类更是永远做不到，两条腿永远跑不过炸药的速度。炸药的速度就是魔鬼的速度，是死亡的速度。如今这每一颗炸弹里都装满了梯恩梯炸药，引信里还有少量的黑索金，谁也跑不过它俩的速度。

正是飞行日的起飞前时刻，起飞线有几十架整装待飞的飞机，每架飞机都挂上四颗250公斤的炸弹。所有挂在飞机上的炸弹加在一起，起码有100多颗。其实不止这些，每架飞机上都填满火箭弹，还有炮弹。每架飞机都加满几吨航油，这些加在一起，一架飞机的自身不亚于一颗500公斤炸弹的威力。

炸弹没有立场。扔在敌方阵地炸敌人，扔在我方阵地炸自己人。掌握在自己手里是武器，是盾牌，是进攻的矛；掌握在敌人手里是威胁，是射来的箭，是捅向心脏的刀。炸弹是沉睡的魔鬼，就看扔给谁。

一旦魔鬼醒来，后果不堪设想。现在我那架飞机上的一颗炸弹在冒烟了，魔鬼正在醒来，只要魔鬼跳出来，其他所有的魔鬼都会醒来。只要那颗炸弹爆炸，起飞线所有的飞机上的炸弹都会爆炸，魔鬼会把魔鬼串联起来，形成联盟，共同向一个地方扑去，就像狮群共同扑向一头水牛或水牛群。一颗250公斤的炸弹足以把起飞线夷为平地，起飞线所有的炸弹一齐爆炸，整个机场一公里内瞬间都将成为平地，一颗冒烟的炸弹，你永远跑不出它的范围。

我虽然没跑，但见炸弹冒烟也一时傻眼，不是我不怕死，只是我比谁都更清楚炸弹的威力。我是军械师，这些都是我专业范围内的工作，我了解炸弹的所有构造原理，我知道炸弹冒烟之后的结果，神仙也对一颗冒烟的炸弹无能为力，人所能努力的是在炸弹冒烟之前，努力不让它冒烟。人能制造这样的魔鬼，但无法控制发作之后的魔鬼。

看到炸弹冒烟，我觉得这个世界的一切都结束了，一切都与我不再发生联系，脑海一片空白，记忆在一瞬间被清除为零，我成了时间的孤儿。

惊呼过后，我向四周望去，只有我一个知情者留在现场，留在一颗冒烟的炸弹旁边，人群还在不断地奔跑，我闻到硝烟的气味，一股魔鬼的气息。我没有参加过战争，但此时，比任何时候都更接近于战争，我每天都在预习战争。但我来不及多想，很快我就看不见一个人影，留给我一个独自的世界。有武器在场的地方，没有战争也是战场。面对一颗冒烟的炸弹，我沉默地等待。面对毁灭一切的炸弹，最大的痛苦不是疼痛，而是恐惧。炸弹不会给人留出疼痛的时间，它的瞬间超过计算机的速度，超过敏感的神经。

这颗炸弹终于停止工作，它不再冒烟，只留下一股呛人的气味。我像一个轮回转世的人坐在飞机肚皮底下，独自一人仿佛过了一个世纪。现在炸弹不冒烟了，我重新站起来，朝机头前方走去，这时我看见大队军械主任正从草丛旁慢慢爬起来，两个孤独的生命在瞬间相逢，我赶紧上前搀住站立不稳的主任。他说，只觉得眼前一黑，就什么都不知道了。

军械师的我管一架飞机的弹药，军械主任的他管机场所有飞机的弹药，他比我更清楚炸弹的威力，他在一瞬间被恐惧击倒，他躺在战争的家门口。

不知过了多久，小平房、草丛里、牵引道和滑行道上，陆陆续续出现了人的身影，大家开始小心翼翼地向起飞线靠拢。我搀着军械主任向那颗冒烟的炸弹走去。

这颗250公斤的炸弹牢牢挂在飞机上，引信已经拧好，但还差一个保险销没插好，只要插上这根保险销，飞机就可以安全地带弹去飞行。我和主任开始检查这颗冒烟的炸弹，才发现这颗炸弹的引信上两道保险销已被人提前拔下。每一颗引信都有这样的两个保险销十字交叉插在上面，起双保险作用，在没插上飞机上的保险销之前，是不允许同时取下来的。我俩终于找到炸弹冒烟的的部位。是引信的两道保险被人提前取下后，后来知道是勤快的机械员张志新帮的倒忙，他看我忙，顺手把引信上的两道保险同时取下来，引起引信自身提前解除了保险。它身上微量的延时弹药提前燃烧，它提前把撞针击发火帽的障碍解除，这时的引信处于待击状态，就像一颗已投向地面的炸弹，只要和任何物体接触，必然爆炸。万幸的是，它挂在飞机上，失去外力的援助，只要没有外力的援助，引信就不会打火，这颗炸弹依然在沉睡。

看似一个拳头大小的引信，它的内部结构无比复杂，一个外行人哪里知道这冒烟燃烧的微量弹药差点要了所有人的命。这微量的延时弹药原本是为飞行员的安全设计的，它能保证飞行员在过低高度投弹时，保证炸弹不会瞬间爆炸，因为这时引信上的撞针到火帽之间的道路被堵塞，保证了飞行员有安全离开的时间。如今安全了，接下来，只要等工兵来把这颗待发的炸弹拆离飞机。

我们都万幸地躲过一次无辜的劫难。

看着这颗沉默的炸弹，我不知道有多少沉默的幽灵躲藏在里面。人类千万年来一步步寻找，最终把所有的杀人利器全都找到，上天入地无所不能。就像这颗炸弹，它原本沉睡在广袤大地的各个角落，是人类找到它们，并把它们集中起来，就像把全世界的蚂蚁都集中起来，就具有无坚不摧的力量。炸药本身并不可怕，像这颗炸弹里的梯恩梯炸药本身不可怕，你把它挖出来单独燃烧时，它并不会爆炸。战场上有经验的老兵总喜欢把没炸的炸弹里的炸药挖出来生火做饭，但你把它们集中在密闭空间时燃烧时，就像堵住千万个魔鬼的去路，它们就以死相逼，朝四面八方扑来，摧毁一切。人类已经熟练地掌握所有的技能。

大鱼吃小鱼，小鱼吃虾米，动物都有杀生的本能，人类也有杀生的本能。原始人更多的可能是徒手杀生，后来找到石头木棒，石头木棒就成了杀人凶器；把石头炼成铁，刀变成凶器；后来，找到火药，火药成了凶器。贪婪的眼睛，无论在世界的哪个角落都能找到凶器，唯独没有找到和平。到今天，科技越先进，世界越不和平，炸弹反而造得越多，甚至能把地球一次次地毁灭。

这次炸弹冒烟让我清醒过来，我原来是在和魔鬼打交道。我唯一能做的是不让魔鬼提前醒来，跳出来祸害自己人，我必须把好每一道保险。人类在制造炸弹就是在制造魔鬼，我宁愿世界永远没有这样的魔鬼，没有边境线，全人类都在太平洋这个大澡盆里一块儿沐浴，地球成为共同的村庄。但每天都有成千上万颗炸弹被制造出来，人心的贪婪是最大的魔鬼。

2014-09-06 于平和小溪

司机小李

被押上来的人竟是他——司机小李，这让我颇感意外。

我和小李虽不同一个连队，却也是老熟人了。小李是汽车连的司机，我是地勤人员，一到飞行日我们便会相遇。和我们一样，他们汽车连也是要保障飞行的，一到飞行日，他们的车要把我们的飞机牵引到起飞线，再把我们机组人员接到着落线，等飞机返航后，再从从着陆线牵引飞机到加油线加油，再把飞机拉到起飞线放飞。我们一天飞几个起落，汽车连的小李们就要为我们服务几次，在三线之间跑上几个来回。

小李的车夏天时并不招人喜欢，他开的是那种大解放，车上没有空调，夏天驾驶室里热得像锅炉，连司机都热得要中暑，夏天没有谁喜欢钻驾驶室。不如在车厢上站着，站在敞篷车厢上，车跑起来也是很拉风的，起码凉快。冬天就不一样了，坐在驾驶室里，玻璃摇起来，什么风都吹不进来。还透着玻璃晒上太阳，那个舒服呀，神仙也不过如此。机场总是最开阔地方，也是最招风的地方，一年四季，东西南北风都来。江南的夏秋季节刮什么风都凉爽，可是春冬季节，刮起北风来就阴冷阴冷的，风像剔骨刀一样，割得人生疼。风是跑出来的，车跑多快风就有多快。人站在车厢上，从起飞线到着陆线短短几公里下来，头发总被吹得没了形，有时像高高竖起的鸡冠，有时像草窝，脸像打过霜的茄子，呈暗红色。冬天时，机组的人都喜欢往驾驶室里躲。可是一个驾驶室只能坐三个人，除了司机，顶多能再坐两个人。一个机组少说也有三五个人，不是谁都能躲到驾驶室里舒服着。何况司机还不愿意呢。地勤人员常年修飞机，总是一身油味。一件黑皮外套从配发下来到换装四年间，没见谁洗过。那上面的油垢亮汪汪的，袖管举起来能当镜子照。汽车连的小李们不用沾油垢，他们都收拾得很干净，都不欢迎地勤机组坐到驾驶室，他们总把驾驶室反锁着不让人进去。

我和小李相识就是一场意外，正是初冬的飞行日，那次在西头着陆线等飞机，大家躲在小平房里聊天，我嫌吵，一人坐在牵引杆上看书。过些天就要考试了，我要充分利用等飞机间隙的宝贵时间看书。正看得入迷时，一辆牵引车在身边停下来，还按了一声喇叭。我以为自己挡住去路了，连忙走到草丛里。这时一张稚嫩的笑脸从驾驶室里探出头来，并朝我招手说："看什么书呢？上车来看吧。"

我并不认识这位司机，但也没拒绝他的善意。上了他的驾驶室才知道他原以为我在看好看的小说，想借来翻翻，他没想到我是在备考。这就是我和司机小李的初次照面。听说我在备考，小李很是钦佩，他原先也和我一样，参加自学考试，连考两年，仅过一门，他就放弃了。从此，我成了小李驾驶室里的常客，他常和我聊一些书本上的故事，他和我一样也读过一些世界名著，他觉得和我很有得聊。有时他甚至会故意和其他人调换顺序，专等来牵引我那架飞机，这样，我就可以在他驾驶室里多待一个起落时间，多聊一个话题。除了聊天，更多的是我在安静地看书，看考试的书。这时，小李很安静，他从不打扰我看书。在他驾驶室里不光可以挡风御寒，还方便我看书，这份情我一直记在心上。

部队之间不同部门，伙食标准是不一样的。我们地勤的伙食远比后勤高。有时大家一起开饭时，我们地勤的饭盒一掀开，里面有一块巴掌大的大排，有时是一整块大鸡腿，最差也有一大勺的红烧肉，还有两样青菜。我看小李他们的饭盒掀开，里面多是青菜，很少见肉，显得特别寡淡；同样一块大排，我们的大排是带皮带肥带骨，一块足有四两到半斤，他们的大排个头还不到我们三分之一大。吃红烧肉时也一样，我们都是红烧肉，他们则多是土豆，肉很少。大家在一起吃饭时，小李们很没胃口。有几次我俩躲在驾驶室里交换着吃。他觉得不好意思，就从座椅下找出一个苹果给我吃。这个苹果让我看到小李对生活品质的追求，他是一个对生活有追求的人。我说交情不讲等价交换，偶尔换份饭吃，不正好调节口味吗。这样的事多几次，他也就释然了。

和小李接触多了，我发现他还是个爱干净的小伙子，头发很有形，皮鞋亮得照人，连衬衫外套也是一天一换。这在部队显得很特例，一个连队清一色的大男人，有几个人会讲究这个。恋爱中的男人是讲究穿戴的，小李还是个战士，他不符合找对象的条件。我这个邋遢鬼和他一比，就缺少这方面的美德，除了看书，我啥也不讲究。有一次在街边书店，听见有人叫我，我回头，左看右看没发现谁在叫我，这时一个后生上前推了我一下，才看清是小李。太诧异了，他把自己收拾到让我不敢相认的程度，上身浅棕色皮衣，里面穿一件白色紧身马夹；下身一条深蓝色牛仔裤，穿一双白色皮鞋。小李这身打扮着实让我吃惊，以前只在电影上看过，谁知现实中也可随意碰上。后来，我总能在机场碰上干净利

索的小李，在其他不同地方碰上一身光鲜的小李，小李把自己包装得整洁光鲜。

看到小李被押在大会堂前台上，我惊慌失措，都不敢抬头看他。借助余光发现，他也低着头，没敢看任何人。他一定清楚，台下还有众多像我这样的熟人，他正在接受众多目光的审判，他被目光剥离得一丝不挂。我很难接受被人押解的小李，我愿意看到一个整洁光鲜的小李，可是事实让我承认，这整洁光鲜的背后，是他一次又一次拆下电瓶车上的电缆线，用那些电缆线上的铜偷镀出来的一层金。但他失败了，这些在黑暗中偷镀上的金，它经不起任何目光的锤打，很快就会融化，又露出锈迹斑斑本来的本来面目。每一个光鲜的外表，都要经过目光的锤打，还要经过时间的考验，以此检验它的可靠度。有可靠度才称得上品质。

小李也不敢面对此时的自己，他把头埋得很低，很低，低得让人看不清他的脸，就像场上的拳击手，此时的脸是一个巨大的目标。台下千万双眼睛在加速拷打他，每个认识他的人都想从这张脸上找到答案，都想从这脸上和他的过去做一次剥离。这是和他过去分别的时刻，是他告别我们的时刻。低头的小李让我陌生，过去那个整洁光鲜的小李已渐渐在我心里死去，写下这篇小文就算为过去做一个祭奠吧！

2014-08-19 于平和小溪广电大楼

一颗小石子的隐喻

车速已经慢下来了，司机正在踩刹车，努力把车子停稳在炊事班门口。身手利索的炊事员小王，手抓挡板，一个腾空，轻轻地落地，瞬间，一具生命就飘起来了。

没人相信，小王被一颗小石头给带走了，他的生命瞬间结束在一粒只有小指般大小的小石头上。当时一个惯性，小王朝后一仰，一粒小石头像死神一样静静地等待他的到来，小王的后颈窝上一触碰，就像一颗子弹被撞针击发一样瞬间射出枪膛，飞向无尽的远方。众人手忙脚乱地把小王抬起来，送往医院，寻求天使的帮助；但小王早已飞走了，他走得太远了，任谁也追不上他，天使也对一具冰凉的尸体无能为力。

小王的后脑正好击中那颗小石头，这颗小石头像颗子弹准确命中小王的命门。这颗小石头命中任何一个地方都不会一下要了小王的命，只有命中后脑，它才具有子弹的威力。生命看似强大，命门暴露时就变得脆弱无比，地上一颗小石头足以让它飘起来。

这样的小石头无处不在，它告诉我死神无处不在。死神没有固定的居所，它是一个潜伏的杀手，一有机会就会跳出来，随时给人致命的一击。世间万物都有致命的能量，比如泥泞路面的一片树叶，比如悬崖边上的一棵稻草，比如高楼上的一块玻璃，安静时它们都像一颗沉睡的地雷，或者只是一棵沉睡的稻草，被触发时就是炸弹。你看见它时只是一颗小石头，它看见你时就是致命的凶器。一粒沙子在贝壳里会变成一粒珍珠，它在脚底时可能就是送命的滑轮。物在不同的地方作用有时相反。

人对挥向身体的刀枪棍棒都会有足够的警戒，没人会对一颗小石头抱有戒心。就像小王对飞驰的汽车有戒心，对即将停稳的汽车却没有防备，更不会对脚下一颗可以忽略不计的小石头加以防备，小王为自己的大意付出代价，他过早地结束了自己的生命。

天地万物，你看见的是它的形体，是它被阳光照射的正面，就像那颗小石头，它安静无比，你看不见它背面隐藏着夺命的力量。眼睛看到的都是物的正面，很少有人能看见物的背面。万物都有一个背面，那是投影，是眼睛的背面，可怕都藏在背面的后面。背面住着巫师的咒语，藏着死神的一只手。背面的背后是伏兵。正面杀来千军万马都抵不上深沟险壑的一支伏兵。

早晨的背影是下午要抵达的地方，时间能抵达的地方都会走向死亡，人会死，地球会死，太阳也会死，宇宙也会死，死亡是必然。碰上死亡是必然，没碰上一颗致命的石头是意外，活着每一天都是一场意外，就像这个星球诞生于一场意外。每一个背面都等待时间的到来，人要为活着的每一天庆幸。所以，背影是预告，背影是时间的归宿，背影是墓地。

一棵树在竭力向上，占领阳光的地方，把同伴都遮在自己的树荫下，它没看见树荫下打量它的那双眼睛，以及手中那柄斧头和量尺。即使没有斧头和量尺，它们也会回到地面，永远躺在泥土的怀抱里，躺在生长的背面。

有光的地方就有正面和背面，眼睛像把刀，把万物切分成两面。正面住着生命，正面是一片生机盎然，正面是滔滔不绝的江河湖海，是璀璨夺目的日月星辰，是生生不息的生命长河。背面住着死亡，背面住着眼睛无法抵达的阴影，那是一个结束的地方。背面是暗物质，背面是诞生的开始，是诞生物质的子宫，是时间的黑洞。

东西南北，眼睛只能看一个方向，看不见的地方都是你的背面，背面远大于正面。所以，我们总被危险包围，被死亡包围。一朵花住在时间的背面，它向凋零走去。一朵花的凋零像是时间的隐喻。每一个危险都是隐喻，这颗致命的小石头也是一个隐喻，天地万物都是一个隐喻。隐喻掩藏了抵达的全部真相。

2014-08-27 于平和小溪

一兵一卒

宿舍中间地板上，很整齐地码好了一局棋。我们刚到台海前沿轮训，“前人”留下一局棋，留下一局还没开战的棋，留下摆好阵势的一局棋来欢迎我们，那么醒目地等着我们。它像一个卜卦，像一个开始，像一个预告，更像是一个延续。

这是一副牛角质的新象棋。想必是前一拨人想得周到，他们认为轮训的日子要没象棋多没意思。他们还担心我们没带这宝贝，又担心我们没地方买象棋，就留下这局棋。连棋子都一一码好在棋盘上，就等你落子走棋，想得比什么都周全。这副棋是一招前人引路，前人知道我们一定会重复走下去。几千年来都是一局棋，你死我活的永不消停地斗下去。

我们这次轮训的时间很长，超过两个月。我们能自由活动的空间却很小，除了上机场，平时只能在宿舍周边一小圈内活动，方圆不超过一个足球场。宿舍后面是十几亩香蕉园，香蕉树上结满一串串成熟的香蕉。战友陈伟松是绍兴人，刚下飞机那天，他在机场路边抱着一棵香蕉树使劲地摇晃着，他朝香蕉树大声欢呼：“我终于见到香蕉树了。”香蕉对江浙人尚且如此新鲜，更不要说是北方人了。

连队除了我这个闽南人，又有几个人见过香蕉树呢？我们并不需要知道碗里的鸡蛋是哪只母鸡下的，但见到下蛋的母鸡后，像陈伟松见到这棵香蕉树一样，多少会对它表示敬意。但连长很快就警告说，当地人把每棵香蕉都装上雷管，以防被偷，谁也不敢踏入蕉园一步。宿舍的门口是水泥场，却连个篮球框都没有，不然也可以打打球。好在宿舍的左边有一小片草地，还有几棵大树，后来才知道那是南洋楹。大树下长有一些含羞草，空闲时，大家坐在大树下一边抽烟，一边拿根小细枝“逗”含羞草开心。只要一触碰，含羞草的叶子立马会全身裹起来，一会儿又慢慢舒展开来。含羞草的一卷一舒，给大家带来一些乐趣。轮训结束时，张小军几个战士还特地挖了几棵带回杭州种。

除此之外，宿舍里那副象棋就发挥了大作用，它成了全连的娱乐重心。下棋是很普及的智力游戏，全连几乎没有哪个不会来两下子。分队长王德明、上尉吕再新都是全团有名的棋迷，指导员楼维真、机械师张卫军也都是象棋比赛中拿过奖的人，见到象棋他们尤其手痒。很快，我们宿舍就成了全连娱乐中心，大家都围在一块下棋。你架炮，我跳马，你推兵，我平车，大家就这样闹腾腾地杀开了，无休无止。

大家都爱下棋，却只有一副棋，只好采取轮番战，打擂台。赢者坐下，输者下场。胜者王败者寇，历来如此。但没有不败之将，这个位置总会被人拉下来，连王德明、吕再新、楼维真、张卫军连队的四大高手在这个位置都坐不稳，更不要说其他人了。有的屁股没坐热就下来，也有的屁股坐疼了才下来。这个位置好比金銮殿，谁也当不了永远的霸主。有人坐下就有人来进攻，赢者暂且坐着，输者在一旁观战，等着下一番苦战。

人生不能缺席战场，此时，棋盘就是我们的战场。拿粉笔在地板上画个棋盘，复活一个战场再战。架炮，跳马，推兵，平车，将。每一子落地都铿锵有声。没几天，这些马腿裂开了，炮架坏了，车也不行了，棋盘上越来越多的伤兵破将，大家只好用透明胶布包扎它们，只有一盘棋，粉身碎骨也要让它们复活过来继续再战。宿舍一片闹腾。

智商有高低，却没有等级，在这张棋盘上，大家都可以露一手。双方都排成一样的阵势，同等兵力，一对一，公平地较量。这副棋是沙盘，是大家的练兵场，是每个人智力的战场。棋盘上每一个子都是前线的士兵，手一推，就冲入对方阵地厮杀，决定输赢是它们背后的那只手。棋盘就是沙场，下棋就是一场微战争。每一场战争较量最终都是人的较量，是智商的较量，绝不是简单的兵器投用。

在围棋和象棋中，我觉得象棋和战争最接近，它不像围棋只有黑白，没有将士相和车马炮兵之分，每一颗棋子都是一个兵，甚至代表一个兵团，小小棋盘可以推演万千变化。象棋分等级，等级最高的将帅稳居后方正中，左右有双士把守，还有双相护羽翼。在棋盘上，只有这三子不用过河。按说士相也能过河才是，但它一定要留下来保卫将。兵和卒最多，摆在最前沿，最危险的地方一定是兵和卒，而不是将帅该待的地方。更有意思的是，双方的兵和卒只能前进，不能后退。我觉得这游戏规定得好，兵卒就应该站在最前沿，勇往直前，粉身碎骨也要向对方阵地冲去，向对方将帅杀去，向对方指挥部杀去。

象棋我也会下几手，看战友们天天在厮杀，也觉得眼热。那天，我对阵连队毛亚明。毛在连队算是棋坛新秀，他还是有名的慢性子，一句话要挨到煮熟一个鸡蛋那么久，他才会吐出来。而我是有名的急性子，说话没有大脑过虑章节。他不但性子慢，为人也傲慢，他刚打败一个对手，见我上阵，不屑地朝我翻了一眼。我没想到会与他对阵，他这一眼就把我惹急了，一上来就要和他约法三章，落子生根，不许悔棋，走棋不许超五秒。我要和他走快棋。我执黑棋，他执红棋。我上来就一阵扫射——架中炮，准备给对方阵中心掏一拳。他倒大方，没跳马却先上相，我不客气地打他中兵，先在他阵中心开花——将。他很大方地让我一个中兵，填士护将。我跳马，我准备再投入重兵，把车马炮都向对方阵地冲去。这下他还没跳马，推兵。我出车，他移炮，双方阵势一下进入攻防态势。我进攻，他防守。我两炮居中形成连环炮，他双马互动形成连环马。我全线出动扑向对方，他调兵遣将构筑工事守城待援。我连杀他几个兵后，他的前沿阵地丧失殆尽。我感到愤怒，他不爱惜自己的士兵，他原本上马、出车都可保住自己的兵，却轻易地让自己的兵被对方斩杀。我可不客气了，车马炮几乎全扑向对方，我想把他困在河界之内，困在他的战壕之内，让他不能前进一步，困死在孤城内。我像西楚霸王一样霸道，很快把对手困在城池之内，让对手脱身不得。

正当我节节胜利之时，这阴险的家伙，不知何时把一个炮打到我左侧的底线，另有一个车紧随其后，他只要把车推入底线，形成炮架，就能给我重重一击，我一下落入对手的圈套，他釜底抽薪一招打乱了我的阵脚，我这才领教这对手的阴险。我全线出击，声势很大，却中了他诱敌深入的阴谋。从一开始他就对我设套，他知道我性子急，和项羽一样，会打硬仗，却不懂谋略。他利用了我的弱点，不惜牺牲自己的士兵，让我把兵力全部调动出来，后方就变成一个空虚的阵地。他盯准一个机会，把大炮架到我的头上，只要车再上去一帮忙，我的指挥部立马就被他端了，胜负

立判，一切都结束了。

回防是来不及了，我只有摆动老将，把它请出指挥部，在敌人的炮火之下，让它和战士们一样，经受前线硝烟的洗礼。战场没有前后方，人人都得参战。对手不客气地出车，虽一下将不死我的老将，却将我的一个士和相给翦除了。我不能眼睁睁地任他宰割，任他突破所有的防线，我双车回防，我要像当年项羽追刘邦一样，追得他四处逃窜。我得先解除他炮的威胁，我要干掉他的炮。他又弃炮于不顾，把另一炮迂回到我右侧底线，只要我吃炮，他再上右车。他这招更狠，先将，再抽车或抽马，那我就彻底完了。我的将正经受两面夹击，我的阵势开始全面溃败，处处被动，四面楚歌。他利用我疲于奔命之际，先斩我一马，再杀我一炮，又杀我三个兵，我已溃不成军，兵力越来越少，连防守都组织不起来，更不要说组织一次像样的进攻。反观对手，他虽损失了三个兵和一个炮，其阵势依然完好，战场的主动权已完全在他一方。他开始不客气了，绝不是开始时那般谦让，他继续扩大战果，在围攻我老将同时，又吃掉了一相，还有另一马和炮。我剩下双车、一士和老将。反观对方，他还有双车、双马，士相俱全。而我大势已去，难以突围，困于垓下。我图一时痛快，大兵压境，最后却反被对手困于城下。我眼前哀鸿遍野，我已知道结局。只是我眼前没有一条乌江，更不会有一个好心的老翁驾着小舟等我。

但我不能就这样结束，我不能独剩一个将和两个车结束战斗，这样我对不起倒下的其他将士。在临死之前，我还得和对方拼一把，我照样能斩将，刈旗，直至割下我的头颅，直到被对方将死，我不能在将死之前投降，提前退出战场。一场战争的结束，不管输赢，最后留下来的一定是将帅，留在谈判桌前，绝不可能是倒下的士兵。我想起那条著名的三八线，双方死伤无数，上百万的生命，最后结束在一张白纸上。白宫的主人从不上前线，轻轻挥出一只手，中东就倒下一片。决定胜负的那只手，从来不是兵和卒的意志。此时的我，却要为我的兵，还有炮和马，为所有躺下的将士，演一出悲壮的大戏。我又拼掉双车，再杀对方一车一马，只要能再消耗对方一些实力，不管是飞机还是敌人，最后像米洛舍维奇一样，像萨达姆、卡扎菲一样，可以战死，可以被抓，就是不投降，站在审判庭上，站在绞刑架上我也无悔。我不是在下棋，我是在贯彻战争意志。我的博弈结束了，这一局我输得精光，我在棋盘上坚持到最后一刻，我在棋盘上体验到我的战争，我看到一个人的局限，我模拟了战争的意志。脑子凉下来时一想，我图一时痛快，意气般输掉全局，若在战争中绝不可接受，充其量就是一个草莽。

我们每天上机场，来来回回不断地推演，我们也是棋盘上的一个兵。我们被另一只手推演，我们也站在战争的最前沿，时刻等待向一个目标冲去，给对手一将。从机场回来，我们在棋盘上延续这场战争推演，我们将战争的意志贯彻到底——将，将，将。我们在宿舍内持续了两个月的微战争。两个月轮训结束后，这副棋彻底被我们将烂，只剩一兵一卒是完好的，棋盘上的战场同样残酷。

2014-05-05 于鲁院 612

一个人的微战争

每次外出轮训，我都要进行一场没有终点的微战争。这场战争没有预演，没有具体目标，更不是大兵团作战，而是我一个人的没有硝烟的战争。

外出轮训，部队管理加倍严格。即使训练结束，也不许四处走动，更不许外出上街，只能在营房前后待着，随时等待命令，哨声一响，大家立马集中。这次到前线轮训更是如此，除了上机场，平时大家只能在宿舍前后活动。宿舍里有一副前拨儿人来轮训留下的象棋，大家争相对局，打擂台。我的棋艺臭，挤不上台面，我选择看书。

每次部队外训我都会带很多书，这足以耗尽我的全部业余时间。我喜欢看书，我喜欢在这无声的世界，和书上那些不说话的人物进行战争，进行一场心灵的微战争。每天我都要和书中每个人物对话，在他们的场景中博弈，触摸每一个生命的死角。我的书中包罗万象，超越心理与社会、历史与哲学、婚姻与宗教之间，书中的战场远比棋盘辽阔。这么辽阔的场景中，我一次次徒手进入他们时空的那个场，与他们打一场消耗心智的微战争，这丝毫不亚于一局棋的博弈。书中的他们都不说话，就在某个地方等着我，在路边等我，只等我说话。他们设一个个套在等我去解，还有一个个陷阱等我跳下去。他们是提前设好的局待我去钻，他们都躲在森林里、沼泽里，躲在战壕中，他们和我捉迷藏，他们甚至躲在暗处准备朝我开冷枪；我得一一把他们找出来，让他们全都暴露出来，他们才会醒来，才会一个个都从森林中，从战壕里跳出来和我玩，和我进行一场时空对话；否则，他们会把我带入迷魂阵，用枝枝丫丫地拦住我，像石头一样拦住我，不让我进入他们的场，我将被挡在这场微战争的门外，听他们在笑话我。一个人和一本书的战争同样残酷，虽不是你死我活，却也足以耗尽神智。

这次我要面对约翰·克利斯朵夫面前的一架旧钢琴。那是个黄昏，他一个人从莱茵河畔回到屋里，带着凉意，坐在一架旧钢琴前发呆。我不知道他会先敲下哪个音符，这个音符一个酒杯装不下，整条莱茵河也装不下，它会穿透，会划破空气，在无尽的远方。我看见他正对着窗外的莱茵河岸塔尖上的夕阳入神，他的手停在音乐的门槛上，迟迟没有推开音乐这扇大门。我害怕这扇大门被推开之后在心里出现一个黑洞，此时我必须是一盏灯，我不能是黑洞，我得在前边带路。起码我要和他平行，并且手里有一盏灯，能看见他看见的东西，甚至是他心里想的东西。

我选择坐下来，坐在他的身边，坐在克利斯朵夫旧钢琴旁，我想近距离听见他的呼吸。尽管是6月，但莱茵河吹来的风还有些凉，他那卷曲的额发有些凌乱。好友奥里维死了，故人一个个远去，童年的莱茵河不见了，晚风吹不展情人葛拉齐亚紧皱的眉结，我闻到他身上还留有情人的香水味。难以肯定他那深邃的目光是停在莱茵河畔，还是停在巴黎凯旋门外那辆华丽的马车上——富贵，贫穷，失意，拼搏，爱过，恨过，成功，满足，公爵们的笑声消失了，一切都被莱茵河带走了，只剩下一轮回忆的夕阳。

在他眼前，这架旧钢琴比整个欧洲还要辽阔。在这黑白琴键上，夜莺在树上歌唱，秋风吹过蜿蜒山冈上的白桦林，成群的牛羊在林边低头吃草，一只金色牧羊犬在羊群边跳跃；巴黎的酒会上，贵妇们笑声清脆，舞姿翩跹；他端起酒杯一口灌下，离开，一个人在街上狂奔，他在酒会上会窒息，他需要呼吸自由的空气，他需要友谊，也需要仇恨，面对这沉闷的空气，他发不出声音；巨大的商船正驶向地中海，工业烟囱冒出巨大的一团团烟雾，越来越重的雾，笼罩着一切，他的世纪，整个欧洲正在中毒；整个欧洲只有葛拉齐亚一人理解他，这颗高贵的灵魂，她的躯体正一点点老去。世俗的身体，正被巨大的黑洞所吞噬——此时的克利斯朵夫一脸愁容，他不知该先落右手的音调，还是左手的琴键，像天空那朵无绪的云，难以描绘。

过去的一切都是背景音乐，安慰与辱骂，硝烟与礼花，一切都是时间的注脚，都是自然的喧嚣。从没有哪个脚印能让一棵小草永远低头，屈辱总会有，人人都需要提前准备受伤，才不至于在伤害面前手足无措。抗争是生命强大的自我保护，命运之手永远向屈服一方用力，你却朝相反方向使劲，浪花就出现了。人生不可以是一潭死水，所有的遭遇，都在一次次冲撞受伤的心灵。在虚伪的社会中，所有的真诚都像被抵制的假货。无所谓的疼痛，这时的克利斯朵夫需要是一架钢琴，只有钢琴才能忆起他辽阔的人生。没有比艺术家的情感更加强烈的，他需要一个倾诉的窗口，钢琴就是他的窗口，他正在思索，如何把窗口打开。

窗外响起巨大的杂音，那是欧洲的共同背景音乐，这是它的基调吗？克利斯朵夫的右手迟迟落不下来，他人生的音域无限宽广，他在考虑与这时代匹配的音色，他需要定准调子——是一阵寒流，是一场暴雨，是一架马车，是一杯酒，是窗外的一轮夕阳，是葛拉齐亚忧郁的眼神，眼前纷繁杂乱，和所有人一样，他面临内心的选择。

克利斯朵夫用右手演绎背景，用左手倾诉命运，他必须在一架钢琴上有所交代，他的和弦就是这个时代的节拍。音乐是上帝留在人间的心灵密码，他要用全部的触须去感知，面对这架旧钢琴，他不知上帝的音符会先停在窗外那只蜻蜓上，还是花丛边那两只蝴蝶的翅膀上。我和他一起困在这架旧钢琴旁，陷入沉思。

我跌跌撞撞地闯入克利斯朵夫的世界，从莱茵河畔到巴黎，从巴黎到瑞典，我转战于整个欧洲。他用一架旧钢琴和我周旋。顺着他的琴音，我找到柏林的小酒馆，还在巴黎听了一幕肉麻的音乐剧，和他一起上街和军警打架，我废寝忘食地跟着他四处游历，直到他在我耳边弹响最后一个音符，直到他双手从琴键上垂落下来，我依然没走出他那强大的场，我困于一场无形。

我都来不及休整，尽管克利斯朵夫的琴音还在缭绕，此时响起更刺耳的火车汽笛声，列车正从远处驶来。一个美丽的身影，身着一袭黑天鹅绒长裙，左手拎着一只红色小皮包。她神情散淡，步子坚定，旁若无人地穿过站台，迎着列车走去。时间凝固了，列车的轮子却在飞速转动。我的战场转移了，我从钢琴转移到列车上，我从巴黎来到了莫斯科，来到彼得堡。我在想尽办法，想提前告诉列车司机，前方有一具美丽的生命，我甚至想爬上列车，提前拉下制动的手柄。但我无能为力，我的手够不着19世纪那趟开往彼得堡的列车，内心被撞得粉碎，我一个人跪在彼得堡车站里爬不起来。从始至终，都没看见一只美丽的蝴蝶飞起来。不怪司机没看见，不怪列车速度太快，这趟命运的列车经过严格计算，它准时到达，一分一秒都没延误，一切都挽回不了，这是一趟永不进站的列车，它还在时空的深处，飞速向前。

自杀真的是活够了吗？是什么让安娜活够了呢？这一刻我觉得自己有罪，所有眼睁睁看着生命凋零的人都有罪。我们总习惯归罪于“凶手”，把所有责任都归于那个凶手，渥伦斯基是安娜唯一的凶手吗？全社会都容不下一个多情的女人时，人人都是凶手。每一个认识安娜的人都是她命运背后的推手。是千万只看不见的手，一起推着她向站台走去，又从另一个方向向她开来一趟列车，最后又集体闭上眼睛，装着什么都没看见。在这个站台上，道德是那么的虚弱无力，连同情都显得不道德，一切早已被碾得粉碎。

安娜的死像一篇忧伤的童话，就像被安排过一样，这一切不过是一场预谋的凶杀案。与现实版的死亡相比，她多了一件美丽的外衣。现实更残酷，无时无刻都在上演，甚至都来不及准备，每一次死亡都来不及化装，瞬间就发生了。最后把一切都推给道德，推给法律，推给生活，推给死亡的那个人，每一个人又成了局外人，继续漠然活下去。我感到身子被抽空，在悬离地面的上方生活着，我活在巨大的荒诞中。我在现实中找不着对手，在安娜的战场上也找不着对手，对手始终在一个看不见的远方，提前铺设了战场。命运的推手无时不在，却从不显形。一个人的微战争无处不在，无时无刻地上演，它微小到你都没有觉察，你从来就是一个被迫参战的人。安娜那两条铁轨，从一开始就铺设好，一切早在那里等着。

克利斯朵夫的那架旧钢琴让我沉思，冲向安娜的那趟列车让我受伤，我每天都在语言构筑的战场上，与一个个陌生的意象战争，我活在书中的战场上。战争是有代价的，这是我内心的战场，血肉模糊也得去承受。我的战场没有输赢，徒手空拳，一次次血肉模糊地碰撞。轮训两个多月，我每天都在这场心灵的微战争中博弈，和书中的每一个人博弈，并顺着这众多命运背后，寻找设下这个局的背后那只手过招。我的战场是跨时空经纬的多维空间，比棋盘还要大，他们寻着棋盘上的规则过招，我面对的是一片未知的森林。

2014-05-13 于鲁院 612

村花

营区很安静，静得只剩下几只鸟儿在树上叫唤。

这是前线轮训机场，跑道旁有一条平行的马路。顺着马路远眺，周边的村庄清晰可见。路旁有一排落叶桉，和路排得一样笔直，树上筑满过冬的鸟巢。南方多丘陵，这些高大的桉树是起伏丘陵上的哨兵，它守望着脚下四周大片大片的荔枝林、龙眼林和香蕉林。南国没有冬天，几场薄霜染不上冬的颜色，荔枝、龙眼依然翠绿；跑道旁那大片草坪上的矮草，正冒出淡黄色的嫩芽，空气中飘着青草味，到处都能闻到春的气息，只差几朵花儿就是春的模样了。

不上机场，休息的日子营区显得很安静。连长把大家圈定在营区足球场大小的范围内自由活动。分队长和几个战友正在棋盘上苦战，他们身边围着一堆人。张晓军几位战士在南洋楹树下捉虫子、抽烟，拿着小树枝逗含羞草，看它的叶子一张一闭逗自己开心。我靠在床边看书，大家各干各的，自寻乐事。

"当当当——当当当——"金属的撞击声由远及近，穿透了营区宁静的空气。大家纷纷从宿舍跑出来，从南洋楹树下围过来。一位姑娘骑单车朝营区直奔过来，一到我们营房前，她跳下车来，

把后轮往上一提，架好车，开始叫卖。她驼来两大筐甘蔗，立马成了眼前的风景。

大晴天，南国冬天的日头依旧灼人。姑娘戴着斗笠，头上还垂下一条毛巾遮住后颈窝及大半个脸。上身穿着细花黑白相间上衣，下身穿一条藏青色长裤，把自己穿成一件青花瓷的模样。这么严实的防护下，姑娘还是显得有些黑，双手很粗糙，看得出来，她是长年叫卖的小贩。战士们围上前来不断地和她搭话，从天气、龙眼、荔枝、香蕉，一直聊到甘蔗。战士们的话题很多，且不着边际。

营区一下闹腾起来，指导员和连长也从宿舍走出来，他俩走上前看了一会儿，返回宿舍。王吉军和几名干部没好意思围上前来搭腔，他们站在走廊上看。几十名战士一块“瓜分”姑娘的两筐甘蔗，显得有些僧多粥少，张毅、彭茅几位战士，他们一人就要了六七截甘蔗，姑娘有些忙不过来，她不断地为大家削甘蔗皮，一把小刀在她手中舞得飞快。她的两筐甘蔗很快就卖光了，姑娘骑着单车走了。

姑娘一走，营区一下又安静下来，张毅、彭茅他们脸上现出落寞的神情。我们来轮训半个多月了，头回见到一个卖甘蔗的姑娘，这是多新鲜的事呀。可是甘蔗卖光了，姑娘就走了，地上只剩下一堆堆甘蔗渣，营区一下又安静下来，大家又开始干自己的事，下棋、捉虫、看书。

“当当当，当当当——卖甘蔗喽——”才一会儿工夫，这位姑娘又拉着两筐甘蔗折回来了。这次，她的筐里还多了香蕉和菠萝。

战士们和上次一样热情地围上前来。这次大家显得有些谦让，不像上回争先恐后地买她的甘蔗，大家啃完一截甘蔗才买下一截。大家约好似的，只买甘蔗，不买香蕉和菠萝。我们是姑娘眼前的一个个小型榨糖机，一口一口地榨，虽慢，但不停歇。营区里到处弥漫着甘蔗的味道，甜滋滋的。

姑娘卖甘蔗的节奏明显不如前次欢畅。话茬儿却多了起来，聊的还是天气、龙眼、荔枝和香蕉这些不着边际的老话题。其实什么话题都不重要，它只是一个道具，语言的道具。和陌生人接触需要这个道具，战士们不一定明白，却善于运用这个道具。它可以是块帷幔，让人温情脉脉不难为情；还可以是盲人手中一根探路的棍子，敲一敲就能听出对方的反应；它还是一根疏通的导管，能排出身上的毒素。战士们需要足够的时间来巧妙地运用语言这个道具排毒。姑娘筐里的甘蔗就是他们的时间，他们要放慢筐里甘蔗消失的节奏，让语言有更大的施展空间。大家你一言我一语地和姑娘交谈，用语言拓展出一个大舞台来。

“当当当——当当当——”又有一位姑娘从远处飞驰而来，她也来营区卖甘蔗，她和先来的姑娘打个照面，就在一旁停下来，静静地等着，并不急于叫卖。

两位姑娘都很窈窕。后来的这位姑娘也截斗笠，几乎是一样的打扮，只是没有先来的那位姑娘好看，牙也不齐整，朝外凸，她的脸上有不少粉刺，战士们私下称她粉刺或粉刺姑娘。十几位战士围上前去搭了一会儿腔，却没人买她的甘蔗，一会儿又回到先来的那位姑娘身旁继续拉呱儿。粉刺姑娘也不生气，她似乎乐得清闲，笑吟吟很有耐心地在一旁看着。既不吆喝，也不压价，很有耐心地看着、等着。她很有智慧，既能认清现状，还知道属于自己的时机还没到来。先后只是顺序问题，她不争先后，她能把握自己，她知道留下来就是最好的选择。

果然，先来的那位姑娘卖光了甘蔗就走了，她还朝粉刺姑娘看了一眼，带着筐里的香蕉和菠萝走了。她一走，粉刺姑娘就忙活起来了，战士们无可选择地围在她的身旁，继续拉呱儿天气、龙眼、荔枝还有甘蔗，买她的甘蔗，也买她的香蕉和菠萝，她的

生意比先来的那位姑娘还要火。战士们和粉刺姑娘拉呱儿更随便，不局限于天气和水果，他们还谈她俩的村庄，谈先来的那位姑娘。粉刺姑娘不腼腆，很大方地告诉战士们，先来的那位姑娘是她们村的村花。

战士们一阵欢呼，大家有理由欢呼，在一个陌生的地方能近距离地见到这个村最美的姑娘——村花，多有眼福呀！我不认同什么非礼勿视这一套，好看是给人看的，看了才知道好还是不好。每个人都有多个符号。内心智慧是一个符号，外观好看也是一个符号。这个符号每个人都可以把它放大或缩小，甚至隐藏。在大庭广众之下，大家都喜欢看好看的。正好，村花每天都来卖甘蔗，还带来了食堂没有的香蕉和菠萝，大家能不喜欢吗。粉刺姑娘不来卖甘蔗时，我觉得村花卖的是甘蔗；粉刺到来之后，我觉得她卖的是花，粉刺姑娘卖的才是甘蔗。

从此，村花和粉刺姑娘每天都来营区叫卖，她俩总是一前一后地来。若赶上待命或休息的日子，她俩一天来两三次；若是我们上机场，她们午时、晚时分来，每天都非常准时。战士们谈论最多的还是村花，还总把她和粉刺姑娘相比较，说她的甘蔗、香蕉、菠萝，一直说到她的眉毛、眼睛、鼻子、嘴巴还有她的手。在战士们的嘴里，这些俨然都是村花花冠上的每一瓣，活脱脱跳在眼前，从机场说到宿舍，又从宿舍说到梦乡。张毅、彭茅几位战士俨然成了村花的“粉丝”，他们无时无刻地说村花。村花不但出现在白天，还不断出现在他们晚上的梦境里。村花打破了营区的平静。

几周后，村花就不见了，连粉刺姑娘也不见了。部队不许有人来叫卖，营区内见不到一个叫卖的身影。大家又开始干自己的事，上机场，去食堂，下棋、捉虫、看书，营区又是一片寂静！

2014-03-13 于鲁院 612

女人是老虎

那年，我们突然间就从北国云端降落在南国机场，浩浩荡荡的队伍还没来得及告别严冬的寒流，就剥下一件又一件厚重的冬装来迎接南国的徐徐春风。

和冰天雪地的北国相比，这是怎样的一幅如春图画啊！周遭的山依然一片翠绿，原野里一片葱茏，只有那落叶桉那冷冷枝杈仿佛在告诉你，这里也有过冬的痕迹。对我来说，看到了香蕉，就意味着到了家门口。有家不能回，离家近也不是什么好事，这里的一景一物更加勾人，让我想起母亲种在菜园边的米蕉，想到绿茵茵的草铺，想起那头刚降生的小牛犊，想起爱和我一道摸鱼儿的邻居阿毅。我隔着几十公里都能闻到家乡的味道，心里酸得很。

和我的寡欢不同，我那绍兴来的宝贝徒儿，异乡的一切都新鲜，一草一木都能激起他的探索欲望。看到香蕉园，他几步就跑过去，抱着一棵香蕉树使劲地摇晃，大声向同伴疾呼："我看到香蕉了，我看到香蕉了。"看到荔枝他惊呼，看到龙眼他惊呼，看到菠萝他还惊呼，凡没见过的他都一惊一乍的；还好，他没抱着路边的一棵落叶桉惊呼："我见到剥皮树啦！"部队也不允许他尽情发挥，大家拿好行装后就被圈定在一幢小平房内，那漫山春色就全关在平房外了。

刚来时，大家的心情好，并不在意被圈定在一个小天地里，毕竟逃过了那场严冬，伙食标准整整提高了五六倍，一切都按打仗的标准供给。更有意思的是，前番来的兄弟部队在宿舍里还为我们留下一副象棋，连棋子都整整齐齐地码好放在那儿。不上机场休息时，大家还可忙里偷闲杀上几局。正好赶上闽南的雨季，在宿舍待命的时候多，真上机场飞行的日子少。大家天天围着那副棋将来将去的，很快就把那张棋谱将稀巴烂了。这好办，有人找来粉笔在地板画上棋谱就是了。那些牛角质的棋子也不堪重负，一个礼拜就全将烂了。将烂了找来透明胶布粘上，接着来。百来号人就那么一副棋供人轮番"轰炸"，就是铁铸成的棋子也不行呀！三个月结束时，一副棋就剩一兵一卒是完好的，连同我随身携带的那本海明威的小说《第二十二条军规》也活生生地被分成七八册，最后越分越细，竟分成二三十册藏在几十个兄弟的枕头下。

要不是那位首长来连队看望大家，恐怕那副橡棋和我的书连影都没了。那位首长给大家带来羽毛球和篮球，还给了我们一个不小的活动空间，允许在不上机场时，让大家在听到哨声的范围内活动活动。

营房坐落在这片丘陵的山脚下，山上尽是成片的荔枝、龙眼、甘蔗和香蕉。首长的话让我们找到了一片广阔的天地，周边的那些花花草草就不寂寞了，成天有人围着它们转悠。那片香蕉园的水渠边的含羞草特别多，大家闲来没事就找根小树枝去逗含羞草，一碰它害羞的叶子就卷起身来，过后又会慢慢张开，看它一张一合的过程，就像在对一个陌生人说话一样有意思。有几位战友还挖了几株养在宿舍里。

这营区也不是全封闭的地方，机场内有条马路连接周边的村庄，我们来的第二个礼拜，就有一位戴斗笠的姑娘转到我们宿舍区来卖甘蔗。那时首长还没来，我们还被圈定在营房内，这甘蔗比什么都解馋，就一会儿工夫，姑娘两筐甘蔗就没了，这生意多红火。第二天，又招来一位戴斗笠的姑娘来卖甘蔗，大家觉得虽然这两个姑娘都很黑，但发现还是先来的那位好看些。人呀，总是这么偏心眼，什么机会都会把它留给好看的多一些，那个好看一些的姑娘的甘蔗也自然被先“抢光”，然后就盯着她的背影说风凉话，说她怎么怎么难看。留下的那位姑娘自然就愤愤不平地替她辩解，说：“她那么漂亮还难看，那可是我们的村花知道吗？”马上就有人说，你们村怎么开那样的花呀，你在村里是什么花呀！说着说着，她的两大筐甘蔗也光了。转眼村花的甘蔗就又来了，记得那段时间，我们的舌头总被甘蔗给榨出泡来。

村花天天来，连长如临大敌。初来乍到，连长一时不知拿人家如何是好，总是见甘蔗一来，就吹哨集合，给我们上政治课，说这里的情况复杂，让我们一定要擦亮眼睛，连长说得有鼻子有眼的。后来首长扩大了我们的活动范围，连长就更担心了，他交代我们不要和陌生人说话，更不能和村花这样的陌生姑娘说话。按连长的原话说是“不能勾勾搭搭的”。

其实活动范围方圆不超三百米，一切都在连长的眼皮底下，大家也就走动走动，一切都走不出连长的眼皮。离营房百米有个小山坡，我们经常在那小山坡上唱歌，有几个调皮的战士特别爱唱那首当时正流行的歌《女人是老虎》：

小和尚下山去化斋
老和尚有交代
山下的女人是老虎
遇见了千万要躲开

大家你一句我一句，一唱一答，对着在营房前张望的连长一直唱到月亮升起，唱到太阳下山。

2014-10-08 于平和小溪

不要飞得那么高

我在前线轮训那阵子，母亲开始挂念头顶的那片天空，每天都对着那片天空祈祷、下跪。

母亲是位普通农民，一辈子都是脸朝着泥土，背对着天，她极少关心背上的天空。

虽然是看天吃饭，但母亲认为该打雷该下雨，该刮风还是该下雪，这些天上的事虽与她有关，但她管不了，也就不关心。母亲只关心脚下的土地，土地关系到她一家人的生活。

我在前线的那些日子，母亲每天都仰望着天空，她关心天空的一切动静。天空除了云朵，还时常有飞机，母亲关心这些飞机。

小时候，母亲和我们看飞机，那是拖着长烟划过长空的一幅画，就像一支笔在天空作画，优雅，舒展。如今天上的飞机，轰隆隆的像打雷，它随时会爆炸，炸开母亲头顶那片深蓝色的天空。

每天，母亲起床后的头件事就是仰望天空。田间地头，房前屋后，都是母亲的瞭望点，天空成了母亲最操心的事。

因为天空有飞机，有很多飞机，母亲不知道哪一架是儿子的飞机，但只要有飞机出现在她的天空，她就对所有的飞机操心。

母亲知道儿子的飞机在前线，前线又离家很近，那些天，前线的飞机经常回到母亲的天空来。这些飞机还和别的飞机不一样，它们不在天空作画，它们在天空翻跟头，甚至开展追逐赛，像鹞子翻身，像老鹰扑食，一会儿高，一会儿低，像是断线的风筝，没有一个稳定的姿势。

母亲开始对天上的飞机操心，她觉得哪一架飞机都和她有关，甚至和所有人有关。

母亲的操心很具体，每天睁眼的第一件事就是先对着天空祈祷。她祈祷不要打雷，更不要下雨。要是打雷了，天上的那些飞机往哪儿躲？她更怕下雨会淋湿天上的飞机。

母亲祈祷每一架飞机都平安飞回到大地，不要有任何闪失。

母亲觉得光祈祷还不够，家乡有关帝庙，她认为关帝老爷一定能管着她头顶的天空，于是就备上酒肉香纸这些礼品到关帝庙，求关帝老爷保佑。

母亲相信关帝老爷，这辈子没少向他磕头，她相信这头磕下去，她头顶的天空就会变得更加祥和，天空会更加晴朗，飞机就会飞得顺顺当当。

祈祷后的母亲依然对头顶的天空牵挂，因为飞机飞得太高，它们离大地太远，母亲担心它们看不清地面，容易迷路。

母亲更担心有个万一，地面的人不好接应。她就祈祷关帝老爷在天空中扫清一切障碍，让天空更干净，让飞机飞得更加顺溜。

母亲怕自己的愿望不具体，关帝老爷管得不细致，就在电话中叮嘱远方的儿子说：

“阿成呀，你们把飞机飞上天时，不要飞得那么高，最好告诉娘，你们飞上天之前就告诉娘，娘好告诉关帝老爷，让他保佑这些飞机。”

母亲说，她还会求关帝老爷不让别人的飞机飞过来，家乡的天空只让自己人的飞机飞。

想家的时候，家乡很远，但对飞机，家乡却很近。从前线起飞，在天空伸个懒腰就到了。

那些日子，飞机几乎每天都从母亲的天空飞过，它们像在大海中行驶的小船。母亲总怕遇上风浪，她只有不断地祈祷，不断地下跪。

儿子在天上飞行，头顶就是儿子的天空，更是母亲的天空。

天空那么高，母亲的双手托不着，她只好仰望天空，为每一架飞机祈祷。

母亲希望飞机不要飞得那么高，她随时准备施与援手，她盼着每一架飞机都安全回到大地的怀抱。

我刚入伍不久，司令员来部队视察时也和我们谈自己的母亲。他说招飞入伍时，他母亲也爱望天，还特别交代说："孩子，咱不要飞得那么高、那么快，咱慢点飞，咱看清了再飞，你飞高了娘害怕。"

司令员说他入伍后，他娘每天都仰望天空，他觉得自己是母亲手中的风筝，无论飞多高，母亲的手中都有一根安全的线在牵引着他。他飞行一辈子，都没飞出母亲的天空，母亲的天空无比辽阔，让他无比安全。从入伍那天起，他的天空便是母亲的天空，他的高度便是母亲的高度，母亲虽然够不着的他的飞机，但那是母亲仰望的高度。孩子的天空在哪里，母亲的天空就在哪里。哪里都是母亲牵挂的天空。天上的飞机是地上的眼睛。

2014-05-13 定稿于鲁院 612

希希的革命年

轮训又恰逢过年，部队首长要求大家过一个团结的战斗年。可是这个战斗年并没有战斗，还和在连队时一样，大家一块儿包饺子，一块儿吃年夜饭，年过得甚至比在连队时还要热闹。在连队时，一般只来一两个营、团领导和大家一块儿过年。这次在前线，却来了很多上级首长，还有当地政府的领导。从将军到士兵，再到地方行政长官，大家一块儿过年，这个年过得热闹非凡。

年是道仪式，贴春联，包饺子，在哪都一样。平时，食堂只归炊事班忙活，过年就归大家一块儿忙活。洗菜、切肉、和面，干部和士兵都围着炊事班转，大家一块儿包饺子，一块儿准备丰盛的酒席，食堂可热闹了。连长、指导员也没往日的严肃。过年时，所有的领导都不严肃，脸上都堆满笑容。他们还带头讲笑话，他们有意让大家放松，刻意在营造氛围，让大伙儿围着他们的话题转。

老兵希希这些天来特别忙，每次过年时他都特别忙。他虽是高考落榜生，但写得一手好字，在连队很受重用。这一天，希希要为连队写好多春联，每一个宿舍都要写。在连队过年时，宿舍没人贴春联，今年在前线，希希坚持要贴春联，他说在外过节图个喜庆，每一间都要张灯结彩，要过得和别的连队不一样。希希不喜欢抄春联，每年连队的春联都是他自己想出来的新词。他喜欢用这样的方式让大家了解他的才华。他很有才华，他明年还有最后一次考军校的机会，前两次没考上，再考不上他就要退伍了。

希希小心呵护这微弱的灯盏，他努力在灯盏四周砌一道墙，并不断加高，绝不让风来吹灭它。立功受奖甚至口头表扬都是他的挡风墙。希希每天都在为这道墙添砖加瓦，他日夜加班，一砖一瓦地往上堆，堆得越高，希望离希希越近。他希望堆出一枚军功章，叩开军校的大门。

话新春八闽大地官兵聚一堂，

盼统一普天同庆三军奏战歌。

希希和指导员一块儿把长联裁下来，先贴在红幅上，挂在连队正中间，连同横批“赤胆忠心”四个大字一并挂好。这幢灰色的小平房，希希的红色对联特别显眼，一挂上去，营区就有了浓浓的年味。红纸黑字，颜体楷书，希希的字真不赖，写得很有气势。这对长联是希希想了大半夜才想出来的。当晚他就裁纸，研墨，写了不下十遍才让自己满意。又趁自己手热，连夜把全连所有春联写完。写完春联，天就放亮了，希希长长地伸个懒腰，一点也不觉得困，他陶醉在这一堆春联中，一直陶醉到指导员醒来。长联刚挂上去，指导员和几位干部就称赞希希的字好，字面意思更好。几拨首长路过连队时，也都说这对联好。希希很谦虚地躲到一旁，连长正招呼大伙儿去帮厨，希希顾不上休息也帮厨去了。

食堂一下来了那么多人帮厨，闹哄哄的，希希感到自己无从立足，根本不知要干什么。在家他是秀才，在连队更是秀才，以前他从不沾这油烟，平时周末他也从不帮厨。他来帮厨是因脸皮薄，是怕当众听到表扬，只好躲到人多的地方，把心情藏起来。希希一直在藏自己的心情。炊事班正找人帮忙拉大米，这活儿累，少有人应和，连长正要点将，希希抢先上了卡车去拉大米。

待希希回来卸完半卡车大米和面粉时，食堂就准备吃团圆饭了。食堂拉起彩条、横幅，非常喜庆，热闹非凡。师、团、营各级首长都来，将军也来，地方行政长官们都来。大家把手掌都拍疼了。指导员代表全连讲话，讲感谢的话，讲祝福的话，讲团结战斗的话。他话锋一转，还讲了表扬的话。他表扬希希忘我工作，为大家写春联，拉大米，一直表扬到希希把头埋下去，想把脸躲藏起来。指导员觉得光表扬不够，他还特意安排希希坐在主桌，作为全连战士代表和各级首长坐在同一桌过年。

希希感到不自在，他脸皮薄，不习惯被太多的目光聚焦，他受不住这集中到来的表扬。希希礼貌地和同桌首长一一碰杯后就悄悄地离开，他帮炊事班上菜，给每一桌的人端盘子。全连十几桌人在聚餐，大家有说有笑，情绪高涨。

前线不光我们一个连队，首长和大家碰杯后，开始到别的连队过年。很快就有个别战士喝高了，还有战士喝得流泪了，他们开始想家了。和希希同年兵的贺卫卫一直情绪低落。那天贺卫卫第一个哭了。贺卫卫想家了。贺卫卫原本今年要回家相亲，这一切希希都知道，他们是私下里的好友。贺卫卫带头一哭，全连好多人都哭，这可忙坏了连长、指导员他们。他们挨个过来安慰，希希也过来安慰，他拉着贺卫卫的手，拍贺卫卫的肩膀。贺卫卫不领情，从食堂跑了。

指导员朝希希打个手势，示意希希跟上贺卫卫。指导员怕贺卫卫出事，但要安慰的人不止一两个，连队几个领导又忙不过来，他只好让希希这样的好同志帮忙。营区四周尽是小山苞，夜黑了，希希没追上贺卫卫。他四处寻找，食堂前后，营区周围都找遍了，却怎么也找不着贺卫卫。希希很害怕贺卫卫会出事，营区周边尽是香蕉林、荔枝林、龙眼林，林子主人都在林子里养着狼狗，希希怕贺卫卫误入这些林子被狼狗咬了。营区旁还有一条水渠，有两米多深，水草很旺，希希更怕喝多的贺卫卫掉进水渠里。希希沿着沟渠寻找贺卫卫，不断呼喊贺卫卫的名字，还是没找着贺卫卫。希希走累了，他看到前方有盏灯，一盏昏黄的灯。

希希知道营区的不远处有个小卖部，那里还有部电话。许多战友偷偷到那里给家人打过电话，希希听话，一次也没去过。说不定贺卫卫打电话去了。希希朝灯的方向找去。希希找到那盏灯，那是一座用三合板、木板围成的简易小房子，房内亮着一盏灯。门虚掩着，光从四周板缝和一方玻璃小窗上漏出来。房子在水渠的对面，间隔约有三米，中间有座一米宽的木板桥。希希猜想这就是战友们说的小卖部吧。里面没动静，希希不知道贺卫卫在不在里面。昏黄的灯一直在晃着希希的眼睛，让他左右为难，希希犹豫了很久。

贺卫卫后来自己回来了，他哪儿也没去，就躺在营区边那南洋楹大树下流泪。希希几次从他身旁经过，他都没吱声。那时，他不想让希希找到他。后来，贺卫卫睡着了，再后来，冷风一吹，酒醒了，他回来了。希希却丢了。我们几乎全体出动，寻找希希。希希很快就找到了，他被小卖部的主人一块儿带回来。据说，不但私下打了电话，还拿了东西。

轮训结束时，我们都平安回到老连队，希希留在部队的精神疗养院疗养。

2014-03-16 于鲁院 612

心　愿

——以此文悼念我的父亲

一、电报

接到母亲的电报后，我对电报内容产生了严重的怀疑。电报上只有五个字：“父病重速归！”

半年前夏天时，我回家休假一个月，帮家里收割好水稻、播了种才归队。归队前说好明年夏天我还回来夏收。部队一年只有一次探亲假，家里知道这个规定，仅隔半年又让我回家，我猜，要么父亲真病了，要么另有原因。归队前父亲的身子骨还是那么硬朗，他还和我一块儿下地收割水稻，还坚持要挑一百多斤的稻谷，怎么会说病就病了呢？我猜想定是另有原因。

我清楚自己被家人牵挂的原因，已经是大龄剩男了，谁家父母不操心，难说这次把我诳回家不是为这事。夏天农忙那么忙，父母还想见缝插针地张罗这事。农村平时没几个人在家，过年时就热闹了，男男女女都回家过年，赶上以前的庙会，很多年轻人都在这相逢时节成就了好事。我怀着复杂的心情向部队请假回家。

一到家，我就接受了父亲病倒的现实。我前脚一迈进家门，看到父亲那瘦如柴杆的手正掀开蚊帐朝家门张望，见我向他走来，一滴浊泪就顺着床沿边滑落，砸在地板上，砸在儿子的心坎上。怎么会是这样呢？半年前父亲还那么硬朗，他还挑得动一百多斤担子，归队前，他送我到村口时说“别挂念，家中有我呢！”如今一下变成一个垂危的病人，在等他的儿子归来。

见父亲病成这样，我立马要送父亲去医院，却遭到母亲的反对。母亲说过几天就过年了，再怎么说也要全家围个炉，过了正月初四才好出门。乡下人规矩多，过年，就图一家人能团聚，一起吃团圆饭，一年到头，乡下人就奔这个彩头。

我不好过分反对，这时大哥和小弟还在广州因讨不到工钱而回不了家，如果他们此时都没回来，我和父亲又滞留在医院里，扔下一个年迈的老母亲在家，这年怎么过呢？在农村，过年时只有那没了人的空家，门前没人贴对联，初一清晨没人起来开门放鞭炮，没人拜天、拜地、拜灶神，否则，这种不吉利的事是谁都不干的。

到了年三十那天，大哥一家子总算赶回来了，他们留下三弟继续和老板纠缠还没结清的血汗钱。尽管三弟不能回来，但我看得出，今天是我回来后父亲最开心的一天，他破天荒地，平生第一次答应让我帮他先擦洗身子，再剃胡子，然后颤巍巍站起来，在早已摆好的供桌前，父亲先拜了天公，再拜祖宗，拜他往年拜过的一切神仙。这种祭拜要是在往年，我会觉得父亲是按习俗在走过场，但这次，我发现他穿上只有节日里才舍得穿的那套黑色中山装，上下一排纽扣整整齐齐，连同风紧扣都扣得紧紧的。他站在供桌前，双手缓缓地团动神仙的银元，我看他的手在冷风中有点哆嗦，想上前帮他一把，他却示意我走开。他的目光是那样深邃，神情是那样肃穆，一脸凝重，分明是在心间进行一场心灵的仪式，进行他一生中最庄严的仪式，他以六十余载雨雪风霜，凝聚成此刻心灵的虔诚，长时间地默默地向时空作一场生命的对话。

该到一家人围炉吃年夜饭的时候，大嫂早早就把一炉炭火燃得正旺的红泥炉放到八仙桌下，母亲在桌上端端正正地摆了八副碗筷。父亲提醒我，多出来的那副碗筷，算是在广州的三弟的份儿。在往年，这一份是算我的，我听了之后，赶紧朝那空位的碗里斟满酒。按老家规矩，年夜饭开席时，晚辈和长辈之间要互相道贺一声就算开始了，在父亲那场庄严肃穆的心灵仪式后开酒席，一家人不免觉得心情沉重。父亲用可乐代替米酒，他想站起来却又跌回竹椅上，他用杯子先向母亲敬了一下，说："丽，这辈子辛苦你了，不过日子总会好起来的，你要是看着桌上的鱼呀、肉呀，觉得还吃得动就多吃点。"母亲堆着笑，她和父亲碰了一下杯就匆匆到厨房里盛菜，我转身看到母亲揉了一下眼睛。父亲指着她的身影对我们兄弟说："她跟你爸苦了一辈子，你们以后要好好孝敬她，要记住她的胃不好，少让她吃剩菜饭，她的视力不好、记性也不好……"正说着，母亲已回到席间，父亲就从交代又变成祝福，他祝福大哥大嫂一家子永远福乐安康，祝福我们兄弟们要永远亲如手足。最后他非常郑重地对我说："成家立业是一个男人一生中最大的事情，有家才有业，我已无力帮你，你自己多努力吧，不要觉得吃了皇粮就高人一等，以后还要多帮扶你的弟弟……"大嫂早已觉察到父亲跟往年吃年夜饭时的情形不一样，就不断地唆使她的两个孩子跟爷爷碰杯，调节气氛，一家人却都被父亲这似祝福又似交代的话压得直不起腰来。

二、心愿

这个年过得有点沉重，父亲的身子成了全家共同的隐讳。一家人忍到年初四，我就带父亲到县医院检查。父亲做了彩超后，大夫给刚年过花甲的父亲判了日期，少则三个月，多则半年。这个消息如一击重锤，狠狠地向我砸过来。来不及痛，我必须以最平常的表情告诉父亲都是坐骨神经和肺部轻微感染所致，需要先回家调养几天。

我轻描淡写地告诉父亲后，当天就带他回乡下。我另有打算，但此时不能告诉父亲，我必须把他先带回来，先和家人商量才能决定。一家人都无法接受县医院的检查结果，一家人都不甘心。大哥一家人需要到广东处理生意上的事，父亲的病也就委托我全权照看。一家人都筹不出钱给父亲看病，我卖了家中三头猪，又卖了一头耕牛，总算凑齐了 4000 元。正月初九，我又费尽口舌把父亲从 150 公里外的乡下哄到漳州的一七五医院。

县医院大夫只告诉我，父亲是肺部占位性病变，但他没说父亲到底是早期、中期，还是晚期，没明确我就觉得有希望。我希望这 4000 元能查出一个更准确的结果，如果有希望，我和大哥各变卖一处乡下的新房子，不足部分可以贷款，这是大哥临去广东前和我商量好的事。父亲养育我们没讲代价，我们挽救他的命时也不能讲代价。

再去复查，父亲起初不同意，但说去漳州，他竟同意了。

1978 年秋天，父亲被调到离家上百公里外的上峰修水库。父亲一走三个月都杳无音信，转眼三九寒冬，有同村人回来，母亲就托他给父亲捎冬衣，还有一捆咸菜。接到冬衣和咸菜，父亲赶紧到小河边洗咸菜，洗着洗着，他竟从一捆咸菜里洗出一张皱巴巴的、浸透卤水的伍圆钞票。这是一张米黄色的，上面印有产业工人手持钢钎生产画面的伍圆钞票。这张钞票被捻成一截小棍子模样，夹在咸菜芯里，又用菜叶密密包裹，只要不打开这捆咸菜，没有人知道其中的秘密。

父亲知道这张钞票的来历，这是他临走前交给母亲的那张伍圆钞票，这是他留给家里的油盐钱。当时，这是家里仅有的全部现金，够买上六七斤猪肉，可管家中半年油水。母亲竟原封不动地把它塞在咸菜里寄给父亲，她担心父亲整天重体力劳动吃不消，宁肯全家吃斋半年，也要省下这伍圆钱给父亲改善伙食，哪怕往饭盒里添几滴油水也是好的。

父亲不舍得把伍圆钱吃进肚子里，一直藏在身上不舍得花，却在一个闲暇的日子，揣上这伍圆钱，约上几个工友，到 20 多公里外的漳州城逛了一趟。谁承想，这趟漳州行竟成了父亲一生的回忆。父亲从不跟我们说漳州城当年的景象，却经常说起一对石狮子，那是牢牢镶嵌在他记忆深处的一对石狮子。他说那对石狮子真好看，大青石雕成的，威武生动。父亲没见过真的狮子，他认为真的狮子就该那个样子。最令他感到神奇的是含在石狮嘴里的石珠子，能自由滚动，又牢牢地含在嘴里。父亲说他几次伸手去掏，就是掏不出来。一晃 20 多年过去了，自己竟会拖着病快快的身子骨，被儿子带到漳州来故地重游。

当天，办妥父亲入院手续后，我看他精神头还好，就带他到街上走走。我想让父亲看看 20 多年后的漳州是如何一派繁华景象，见一次我们乡下人说的大世面。我们穿梭在车水马龙的商业大街上，去琳琅满目的大商场，从胜利路到延安路，再到新华西，九龙公园、中山公园……一路上，父亲像个怕走丢的孩子，像我小时候偎着他赶集一样，一路上紧紧地偎在我的身旁。一辆辆疾驰而过的汽车，一排排拔地而起的高楼，还有光怪陆离的霓虹灯，父亲看得眼花缭乱。他眼里闪出一种陌生与困惑，步子越来越慢，只是不愿停下来。我发现他一直在寻找着一种东西，一直不知疲倦地寻找下去。我不知道他在寻找什么，内心被父亲这惊奇而又困惑的眼神给抽伤了。想想自己在杭州待了近十年，却从未把他和母亲接到杭州玩一趟，当时就建议父亲说："我们干脆坐飞机去杭州，感受一下坐飞机的感觉，你还可以看看儿子的军营。"父亲经常在田间仰望天上的飞机，带他坐飞机，我想父亲平时做梦都不敢想，谁知父亲却摇摇头拒绝了。我想起父亲年轻时演过戏，他演过《白蛇传》的许仙，又对父亲说："杭州有白娘子和许仙相会的西湖，正好可以去看看西湖，看是否和戏里演的一样。"父亲又摇摇头，再次拒绝我。我还想建议父亲到杭州治疗，也方便我照顾他，父亲拦住我的话头说："我只想看看当年那对石狮子，不知它现在蹲在哪里？"走了一个晚上，父亲却只想找到当年那对石狮子，我忙安慰父亲说："那对石狮子一定还在，咱现在就去找它。"

父亲已忘记当年石狮子的具体位置，到底是在哪条街或哪个巷见了这对石狮子，父亲已说不清了，20多年前的事，早已物是人非，这满大街不会说话的石狮子，哪一对是被父亲亲手抚摸过的呢？

于是，我雇上一辆人力三轮车，满大街寻找当年父亲抚摸过的石狮子。从元光南路到元光北路，再从胜利西走到胜利东，一条街一条巷去找，每看到和当年模样差不多的石狮子，父亲总要走上前去看个究竟，双手抚摸一番，然后再去掏动狮嘴里的那颗石珠子，最后是一次比一次失落地走开。看到父亲失落的神情，我心里一阵阵难过，就建议师傅带我们去老街区寻找，20多年前的景物如果还在的话，那它在老街区的可能性比较大。而师傅却说20多年后的漳州变化这么大，到哪里能寻到当年那对石狮子？在我百般的讨好中，这位好心的师傅又带我们去了香港路、台湾路等老街区寻找石狮子。一对又一对的石狮子再次朝我们走来，父亲就一次又一次地走上前去抚摸一番，最后一次比一次失落地离开。当晚，我们几乎走遍了这个城市的每一条大街小巷，怎么也找不到当年那对被父亲亲手抚摸过的石狮子。

三、远去的背影

入院第二天，父亲就再也不能出来转了，我和父亲像陷入了包围圈一样，陷入了没完没了的检查，陷入了药物的包围，我们被包围在病房里，哪儿也去不成。一天到晚挂着点滴，父亲变得沉默，他只盯着天花板，盯着点滴瓶。头几天，还偶尔和我说说话，有时还会叫我出去买稀饭吃，他被折腾得一点胃口都没有。后来，他连稀饭都不想吃了。刚住院时父亲对我说，人就应该站着像棵树，不怕风，不怕雨；走起来像头牛，四平八稳，耕几亩地不气喘；一躺下来，真跟废物一样，越躺人越困，点滴越挂人越累。

父亲陷在医院已经七天，他什么时候出院大夫没明说，而我必须离开。前一天，我已通知姐夫来接我的班了，我必须离开，一天也不能再耽搁了。我和父亲面临一场人生的生死离别。

我要乘火车归队的那天清晨，姐夫搀扶着父亲，迎着寒风走到漳州一七五医院门口和我作别。我反对父亲送我，但他坚决要送。此时的父亲连站都站不稳，一个星期的化疗，让他彻底萎靡下去，他身上的正常细胞以十倍甚至百倍陪葬在癌细胞身上。只是父亲不知道，他只知道这叫治疗，他不知道自己确切的病因。

初春的早晨凉意阵阵，寒风中，父亲如一盏风中摇曳的油灯，随时都可能被风吹灭，我心中翻涌着酸楚的波涛，多少次都想扔下行装，上前紧紧拥住他，捂住那盏摇曳的枯灯，我心底多么清楚，这是最后一次的诀别了。

可是我不能留下来多陪他一刻，列车不会等我，我必须硬着心肠离去，因我兜里揣着“火速归队”的电报。我一手拎包，一手紧紧捂着隐隐作痛的胸口，硬着心肠正欲离去时，只见父亲正微倾着身子，似乎想挥手告别，嘴角还嚅动着想嘱咐点什么，我又迎上前去，他声音很低：“你安心归队，不用管我，以后要照顾好你的母亲，带好你的弟弟……”话未说完，他已老泪纵横，我更不忍细听下去，还没转身离去，泪水便打湿了我的衣襟。

我想起十年前那次他送我入伍时的情景，他似乎也说过类似的话。那时他的身子骨还非常硬朗，全家重担都挑在他一人肩上。那天，他拎着我的行装默默地跟在我身后，直到村头的大桥边临上车时，沉默的父亲说话了：“到部队要听话，好好干，别惦记着家里，家里有我呢！”说着就拥簇着我上车，看他眼圈一红，似有一根鱼刺梗在我喉咙里，吐不出来，也咽不下去。我是背着一家人去应征体检的，回想两个多月前家里的一系列变故，大姐刚出嫁，大哥刚分家，父亲刚把我们娘儿四人迁回祖籍地那个陌生的地方，母亲还在一次山上拾柴时不小心又摔断了腿。那时家中里里外外多么需要留下我这个帮手，而我却应征入伍了。还是父亲先接到的入伍通知书，那晚我看他在母亲的病床前抽了一整晚的烟，看我在窗前晃了一下，就把我叫进去，说：“男儿志在四方，你走吧！”说着朝我递来那张入伍通知书。在车子启动瞬间，只见两颗豆大的热泪在父亲的腮帮子上滑落，一下砸在我的心上，瞬间，我的双眼也变得模糊，我用力朝他挥手，只见他前倾着身子，望着渐渐远去的车子，在努力地挥手，稀疏的额发在风中零散，像风中的芦苇。在一弯又一弯的山路上，我看父亲还朝着远方挥手，

直到他身影一点点变小，没入那片松林的斜晖里。

如今的这次分别，他需要在女婿的搀扶下，才能迈着踉跄的步子送别即将归队的儿子。归队前一天晚上，在医院的病床前，我和父亲有过长谈，他说他最放心不下的是我和三弟、四弟三个未成家的孩子，这成了他一桩未了的心愿。

父亲最后说："你们不说出来，我也知道自己的病情，反正我再也不愿花你们一分钱了，唯一遗憾的是我不能把你们兄弟仨拉扯成家。"话未说完，他便转过身去。父亲说完那句似分别又似最后嘱托的话，在晨光中迈着趔趄的步子，在女婿的搀扶下离去，再也没有回头看我一眼，在我的泪光中只留下渐远渐模糊的背影。

我归队四个多月后，接到父亲去世的消息，说父亲临走前还念叨着我和弟弟的名字。

2014-08-25 于平和小溪

小池养不出大鱼

就要从杭州转业回家乡平和时，战友提醒说："小池是养不出大鱼的，何苦要回到那小地方去？"我淡然一笑，说："小鱼只合适在小池里生活，若到大江大河说不定一个浪尖就可以把我抛入洪荒，更别说吞鲸的大海了。"我心思淡淡的回来了，也常心思淡淡的在这小城的街上踱步，没有重重心事，更没有沉重的思想，信步恬然独自消受这劳余之闲。

刚回来，总喜欢把县城和杭州比较，总觉得县城真小，也就横平竖直几条窄窄的街道，比北方的巷大不了多少，从城东到城西就那么几步晃荡。从未发现某个鲜明的景致和怡然的去处，也实在没什么好去处，只适合我熟视无睹、心思淡淡的踱步人。好在有条牛头溪穿城而过，把县城一分为二，沿溪两岸高楼林立，成为县城最繁华的地方，河滨慢道成了踱步最好地方，一条溪流让小县城一下就灵动起来。三级滚水坝蓄起的蓝天绿水工程就像三面镜子，日夜照着一个城镇的道德底线，那成堆的垃圾沉淀着一个地方人生活的每一个细节。滚水坝常被放干，每次放水都有不少人趁机竭泽而渔。我从未见他们捞过一条像样的大鱼，他们捞得最多的是鲫鱼。这种鱼食性杂，繁殖性强，它们很像社会底层的人们，像芸芸众生，生活在小溪浅湾中正合适。但我还是希望能有一条大鱼出现，希望小溪也能养出一条像样的鱼。

这种奇迹总未出现，让我相信了小溪也养不出大鱼。

后来，一个养鱼的朋友告诉我，鱼会根据鱼缸的大小来决定自己的个头，鱼缸的大小决定了鱼的个头，所有养在缸里的鱼长到一定程度便不再长。鱼缸好比衣服。但是鱼和人相反，鱼是根据衣服来决定身体，鱼在量衣裁体。一条鱼会对环境作出自己的选择。

朋友家的鱼缸效应，让我不再对小溪养出大鱼抱有希望。我也渐渐适应了小县城的生活，就像一条鱼适应了鱼缸的一样，每天按时上下班，当一名有线工，既不需要出多少力，也不需要劳多少心，每天重复同样的生活。家和单位仅一墙之隔，每天不用起早贪黑奔波于城市的各个角落，不用挤公交，不用乘地铁，不用游进宽阔的水域去觅食，我只需要踱步到单位，就像鱼在缸里从前到后，从上到下，或从左到右，就几步，不用奔跑，一切都来得及，我很快就适应了小县城的慢节奏生活，甚至觉得小城真好。一到月底，卡上会有定额进账，虽少，只要不离开这小地方，衣食无忧，日子过得四平八稳。

回来短短半年，我已经把自己养殖成鱼缸里的一条鱼。我知道自己不可能长成一条大鱼，我每天扛把竹梯，跟着师傅穿梭于县城的大街小巷，哪里电视信号不好，我就往哪儿去。一位朋友见了，开玩笑说：“你看你，当了十几年兵，回来就扛梯子。”“全县就一个广电局，广电局就两把竹梯，这梯子也不是谁都有资格扛。”我笑着答道。朋友的话让我想到，如果你是一条小鱼，那人家是不会把你当回事的。我多想游回大海去，把自己长成一条大鱼，大到一条足以令人敬畏的鱼。

冷静一想，并不是游回大海就能长成大鱼，海里也有很多长不大的小鱼，沙丁鱼永远是沙丁鱼，鲑鱼从小溪出发，从大海回来时也没长成令人敬畏的大鱼，还是一条鲑鱼。关键不在你是大鱼还是小鱼，而在于你是一条什么鱼。在大海中没长成大鱼是危险的，成群的沙丁鱼总免不了被大鱼吞噬的命运。

是一条什么样的鱼是前提，是在小溪还是在大海里长大则是命运。那个养鱼的朋友说，鱼也是有态度的。有一次朋友把一条个头较大的鱼从大鱼缸移到小鱼缸，不到一个钟头，这条鱼就漂上来，死了。这条鱼是给气死的，这是一条有个性的鱼，它适应了大鱼缸，绝不愿意到一个小鱼缸委屈自己，它宁愿死。

也不是所有的鱼都像这条大鱼。那次去一个理发店，那个理发店也养鱼，那缸里的水呈墨绿色，看不见里面的鱼。所有人都以为鱼死了。理发师把水换过后，发现四条鱼都活着，只是这四条鱼都没有鳞。他从未换水，也不投食，鱼互相啃食对方的鳞苟以存活。

我不是那条被换缸的大鱼，我是那个从未换水的小鱼。从杭州回来那天起，我就接受这命运似的安排，我从不怀疑，更不抗争。当了一年多的有线工，后来从两层楼高的竹梯上摔下来，差点没摔死。伤养好后，我毅然接受到播出部当一名值机员，就像从这个鱼缸换到另一个鱼缸，甚至是凡人眼中更小的一个鱼缸，我还是坦然面对，在那个机房读屏，读一百多台电视屏幕，一读就是三年。若不是新单位成立，我可能还会在那读屏。至今，我的几位同事还在那儿读屏。对他们来说并没有什么不好的，他们习惯那里的生活。

但也不一定，环境能改变人，人也可以选择环境。我比他们都年轻得多，我不想一辈子在那儿读屏，我选择了读书，选择了写作，用一切空闲读书和写作，我相信人可以选择，前提是你要有准备。

三年后，新闻中心成立，需要会写作的年轻记者，我意外中标。没有惊喜，我只是换了一个环境，依然是一条小鱼，只是我找到了一条自己喜欢的河流，可以更快乐地生活。不管是人还是鱼，快乐是人生的前提。

2014-08-28 于平和小溪

岁月奖章

当了十几年兵，人家都是大包小包地托运回来，而我的全部家当只装了一个旅行包。拎着它感觉特别轻，轻飘飘地回来了。

当新兵时，我为几位转业干部托运过行李，山西的老张转业时，他提前个把月就把行李分别用几个大木箱，分门别类地一一归置好。我看他，锅碗瓢盆连同汽化炉具装了整整两个大箱子，被褥衣物装了一箱子，一台 14 寸小彩电、一台影碟机、两台落地风扇，加上那辆拆开的自行车装了一大箱子，还有其他一些杂七杂八的又装了一大箱子。对老张来说，这绝对是一次搬家，把部队临时的家搬回原来的老家。到家后，只要把这些箱子打开，把锅碗瓢盆一一摆好，把风扇拿出来，把自行车重新装上，一个小家的衣食住行就全有了。生活不会出现断档，一切又是原来的样子，只是换了个环境而已。

在部队，几乎每个人到转业那天都有一堆行李，每个人都要搬一次家。时间流走了，只留下一堆旧杂什，留下坛坛罐罐。和他们比，我觉得自己就像一次长途旅行归来。和他们比，我真是两手空空的回来，比入伍时还少，入伍时除了一个包，肩上还多一个背包。转业时的我只有一个旅行包，包里只有几件换洗衣物，另有一个水杯、一个烟灰缸、一个耳耙子和一个瓶启子，我把这四样小东西当成军营岁月奖章给带回来，其他的一概留下。我和所有的转业军人都不一样，他们是回来换个环境重新生活，而我，似乎是在向过去做一次彻底的告别，我连被褥大衣都没带，我都留给寝室的战友，这些东西他们都用得着，对我已经没有任何意义，我需要一个新的开始，我要和过去告别。

我不能靠这些旧家什重新链接过去的生活，这不是消极，这是态度，是我对今后生活的一个态度。我对生活从不消极，在部队时，我就是一个特别爱上进而又懂生活的人，第一年当新兵时，我报考军校，虽然后来上级来电话，说我的军校录取通知他们早先通知错了，说我没考上，但我不放弃，第二年就顺利考上空军一航院的士官班。在军校期末考试时，若不是发高烧只考了半个多钟头，我不会在自己最拿手的高等物理那门功课上栽跟头，差三分就可以成为优等生上大专班。再后来，若不是全师干部超编，我一样可以顺利提干。当这些都与我无缘时，我选择了读书，我读部队的专业书，我熟悉自己专业的所有条例，我带教过一批又一批本科生，他们都成了专业能手。同时，我也读与部队无关的书，我参加浙江省的自学考试，我先后报考《会计》《商业企业管理》《汉语言文学》，虽然前两个专业被我放弃，但这是我曾经的追求，一点也不消极。是我在部队十几年太积极了，以至于我都来不及思考工作之外的事。

到转业这天，我应该静下心来想想了。我为什么至今没成家？为什么会两手空空回来？锅碗瓢盆我原本就没有，即使有，我想此时我也不会带回来，连同被褥，我都不会带回来。这些旧东西

只会延续我过去的生活，却不会开拓我的新生活，我要对生活有所“扬弃”，我要对自己的人生做出阶段性小结。

其实之前，我往家中寄了三箱书，这些都是我在部队省吃俭用买来的书，都是一些文学著作，除了这些，加上小包里几样不值钱的东西，就是我对过去的全部继承。而包中的水杯、烟灰缸、耳耙子和瓶启子，这四样都是不值钱的小东西，别人一般是不会带回来的，至少不会全部带回来，我没见谁把那种水杯和烟灰缸带回来。而我觉得那四样东西对我有特殊意义，水杯是军校建校40周年的纪念品，我恰逢在那历史时刻在学校读书，它和毕业证书一样，是一个见证。那个烟灰缸是我用废弃的90火箭筒外壳的底盖亲自动手做成的。它是一种胶木座，很像一种暗红漆器小碟，单个装烟灰太小，我用两个底盖，把其中的一个底座掏开，用胶粘贴起来，并在杯口锉出四个小缺口，这个烟灰缸就显得精美实用，还特别结实，摔都摔不烂。有它在身边，随时能让我想起部队，想起军械这个专业，甚至是战争。耳耙子是我参加一个展销会的纪念品，镀金的，无比精致。部队这种直线加方块的日子，我很少掏耳朵，我只要时刻听得见连长的哨声就可以，我很少用得着它；到了地方，我要面对新的生活，一切从零开始，我要耳听八方接收生活的一切信息，我正好用得着它。那个瓶启子就更有意思了，它是我参加共建单位一次活动的纪念品，金属材料做的，造型是一只上岸后高高抬起头的海豚，尾巴可以用来开啤酒，胸部用来开香槟。过去，啤酒与香槟都与我无缘，它像一个预言，在召唤我未来的生活，生活不但可以小酌，还应该有香槟喷发的日子。这四样小东西多有意思呀，前两件用来纪念过去，后两件用来感召未来，它们把我的过去和未来紧紧连接在一起，四样小东西已经勾勒出我今后的生活，我从这四样小东西提前看到自己往后生活的影子。多好的参照物呀！我能不把它们带在身边吗。

我一点都不觉得这四样小东西很轻，它在我心中有很重的分量，超过锅碗瓢盆，超过彩电、风扇、自行车。没有这些生活中的坛坛罐罐，我正好可以轻松上路；而没有这四样小东西，在我的心灵就出现了历史断代，更不知路在何方。

转业十几年了，这四样小东西都摆在客厅里。每天下班回家，还用那水杯喝水，有时会一边抽着烟懒散地躺在沙发上看书，顺手把烟灰敲在那烟灰缸里；或者拿出耳耙子掏掏耳朵。偶尔，也会开瓶啤酒小酌，没有香槟，日子一样很惬意。

2014-08-10 于平和小溪

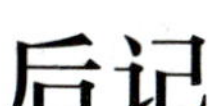

后记

作品都有自身的命运

《一个人的微战争》从 2014 年 1 月 3 日动笔写下《秦淮食杂店》开始，至今正好过去两年。这部书稿我陆续写了一年多，这一年多，我每天精心陪伴这四十几个故事一块儿成长。它们更多的不在笔墨里，也不在键盘上，它们都活在我的心底，只有那里才是它们最安全的园地。没有谁有能力闯入并影响它们，它们最终长成了自己。

一个有能力孕育故事的人是幸福的，也是丰富的，更是孤独的。我相信故事有自身的原动力，它们会自己逐渐成长。瞧，我多像一位监护人，在它们需要时为它们送去我的所有，包括快乐与悲伤。

作品也像自己的孩子，最终都必须走向社会，接受命运的考验。作品本身是有命数的。那些经典活得像神仙一样长寿。新媒体时代，每天都有数以亿计的故事传播，同时也意味着数以亿计的故事被淹没。还算幸运，我没操太多的心，很快就有文化公司同意出这本《一个人的微战争》，让这 41 个故事一次性都有自己的“合法户口”。

2015 年初，我誊清书稿后，把部分篇章分别投向各地文学期刊和报刊试水，很快就有反响，先后有一大批稿件在《福建文学》《西南军事文学》《厦门文学》《文汇报》《闽南日报》等刊载。另有一些篇目被《思维与智慧》等畅销杂志刊载和留用。更值得一提的是，那篇《上帝的方程》，近两万字的大散文，我投给《在场》。这是一家名家云集的当下散文重要阵地，仅三天就被留用，过了两个礼拜我就在网上看到刊载的消息，而且还刊在夏期的头条；并且该文还幸运入选散文名家耿立老师主编的《中国随笔年度佳作 2015 年选文集》。目前，这部书稿中还有一批稿件被全国各地重要文学期刊和报刊留用。

刊载是单独出发的话，成集就是一次集体亮相，这 41 个故事很快将集结，排列在一起就像一个方阵，每位读者都是检阅人。它们即将踏上新征程，所有批评与鉴赏都是最好的鼓励。我牵挂的目光渐行渐远！谢谢所有的读者和关注这本书的朋友。

2016-01-10 雨夜于平和